历史的风骨、风情与风趣

歷史輕閱讀

陈雄 著

全国百佳图书出版单位
时代出版传媒股份有限公司
黄山书社

图书在版编目(CIP)数据

历史的风骨、风情与风趣／陈雄著. —合肥:黄山书社,2016.1

(历史轻阅读)

ISBN 978-7-5461-5459-6

Ⅰ.①风… Ⅱ.①陈… Ⅲ.①随笔-作品集-中国-当代 Ⅳ.①I267.1

中国版本图书馆 CIP 数据核字(2016)第 023482 号

历史轻阅读·历史的风骨、风情与风趣 **陈雄 著**

LISHI QING YUEDU LISHI DE FENGGU FENGQING YU FENGQU

出品人 王晓光
责任编辑 秦矿玲
装帧设计 观止堂_刘俊 木易
出版发行 时代出版传媒股份有限公司(http://www.press-mart.com)
黄山书社(http://www.hspress.cn)
地址邮编 安徽省合肥市蜀山区翡翠路 1118 号出版传媒广场 7 层 230071
印 刷 安徽国文彩印有限公司
版 次 2016 年 6 月第 1 版
印 次 2017 年 10 月第 2 次印刷
开 本 787 mm×1092 mm 1/16
字 数 120 千
印 张 9.5
书 号 ISBN 978-7-5461-5459-6
定 价 18.00 元

服务热线 0551-63533706

销售热线 0551-63533761

官方直营书店(http://hsssbook.taobao.com)

多彩世界的重要元素（代序）

文学笔法，历史角度，文史并重，将诗文与历史中的细节定格成诗意的画面，是我近年来从事历史文化写作的目标。相信爱情，相信美好，不以权钱标准衡量人生是否有价值，则是我人生卑微的愿望。

环顾四周，喧嚣于耳、充斥在眼的，都是“有钱任性”“土豪520”这样的价值观。在大多数国人眼里，有钱有权往往就是成功，而股神巴菲特在大彻大悟之后说：“你们到了我这个年纪就会发现，衡量自己成功的标准就是有多少人在真正关心你、爱你。”

对于我来说，成功就是按照自己内心的意愿去生活。

所以这本书的开头，我放进了一篇《“一事无成”陶渊明》。陶渊明不为金钱、权力、物质所役，他活在世上，按自己的意愿去生活，以世俗的理解，他似乎一事无成，却成就了一个伟大的自己。

收入本书中的文章都是多年来的读史心得，我自己给它们分了个类：风骨、风情、风趣。我想，这三种东西，是组成这个多彩世界的重要元素。

风骨是一种鹤立鸡群的固执，是一颗不羁的灵魂，不甘寂灭无怨无悔地付出。它使我想到了枣树或者梅花。梅花不消说，枣树的“犟脾气”少有人知：越是被抽打得厉害，来年结果越多。反之，结果就越少。枣树的这种特性，似乎揭示了一个历史真相：未经磨难，难有成就；磨难愈多，成就愈大。收在“风骨”之中的寒山、范仲淹、陈洪绶等不就是一株株枣树吗？而将李清照、胡淑修比为梅花，当之无愧。

风情是一种情调，是一种韵致。历史的另一面，其实由懂风情的女人和有风度的男人组成，两者都值得珍视。“竹林七贤”之一的山涛有位妻子，识人于偷窥之际，真是可爱又可敬。诗圣杜甫一生忠贞不贰地爱着老妻，不仅仅是一种责任。清代大才子张问陶的夫人“爱君笔底有烟霞，自拔金钗付酒家”。在她看来，男人笔底的才气远远胜过自己头上的珠光宝气。娶这样的女子为妻，夫复何求！

至于风趣，这也是不可或缺的。对于每个人来说，生命只有一次，如果活得太单调，太无趣，那是多么可惜的事！透过古人，我们看到了历史中一些好玩的细节，比如天真的苏轼、性急的张咏，还有那些文人的“粉丝”，他们之所以可爱，源于他们有真性情。当然，我们也看到了命运女神玩弄的黑色幽默，更加理解了“性格就是命运”这句老话，王粲、苻坚、孔融的人生起伏与结局，就是活生生的范例。

目录

风骨

风 情

风 趣

风骨

这里出现的人物，不一定是正统史家全面认可的人物。本书最为看重的，是其人性的闪光点，也许每个闪光点，都会稍稍触动一下你的灵魂。

"一事无成"陶渊明

在我国文化史上，陶渊明举足轻重，他是一种象征、一个标杆。然而，按世俗的理解，他这一生，可以说是一事无成。

他喜欢抚琴，但是他的琴没有弦，他只抚不弹。别人对他这种"弹琴"的方式很不理解，他却说："但识琴中趣，何劳弦上声？"

要是琴有了弦，就要研究乐谱，研究指法，研究技巧，那就没有意思了，委屈自己的事，他不干。

他喜欢读书，在《五柳先生传》中，他说："好读书，不求甚解，每有会意，便欣然忘食。"

这样读书，并不规定自己读到哪一级，不去像今天考研、考博或者别的什么，只追求精神的愉悦，连物质的基本需要也可以暂时省略了，"欣然忘食"嘛，和他享受田园生活一样，那是完全没有负担的诗意栖息。"采菊东篱下，悠然见南山"，他不会去考察这山有多高，山中有多少种动植物，这些事要留给后来的徐霞客和李时珍去做。

对于教子，陶渊明也相当散淡。

如今的父母，望子成龙，望女成凤，对子女的期望特别高，孩子、大人都活得很累。

陶渊明不是这样。

他写过一首《责子》诗，说自己有五个儿子，老大阿舒已经十六岁，比谁都懒，读书一点也不刻苦；老二阿宣快十五岁了，也不喜欢读书作文；老三阿雍、老四阿端是双胞胎，十三岁了，却连六和七都分不清；老五阿通将近九岁了，只知道爬树找果子吃。

从世俗的角度来看，陶渊明的五个儿子都没多大出息，如果是摊到今天做父母的谁谁谁身上，怕是要急死。

但是陶渊明不急，也不怒。

此诗名为“责子”，其实并没有明显的责备教训的意思，只是以慈爱的眼光，闲看儿子们嬉戏玩耍，对他们不责怪，更不打骂，自己的心也不烦，该喝酒时还是喝酒，该写诗时还是写诗。

有人可能不以为然，这真是一个不负责的父亲啊，怎么能放纵孩子们，不让他们专注于学业呢？

可是，陶渊明不这么看，学而优则仕，书读好了去当官，那有意思吗？

他本人不就是看不惯官场，受不了当官的夹磨，才辞官归隐的吗？

就连种地，陶渊明和一般农人也有很大差别。农人种地，总希望庄稼长得好一点，粮食多收一点，春播一粒种，秋收万颗子，有点像生意人，这买卖得划算才行。

陶渊明种地，则完全没有功利目的，他田里长的那些杂草比庄稼茂盛多了。

他写诗说“种豆南山下，草盛豆苗稀”，难道他不想把地种好？不是不想，是没那个必要。种好地，要花心思，要琢磨怎样侍弄庄稼，什么时间施肥最合适，这样就太累了。

凡是“以身为形役”的事，他都不愿干，做权力、金钱、物质的奴隶，都让他不快活。

陶渊明活在世上，“一事无成”，却成就了一个伟大的自己。

桓温的气概和人情味

东晋大将桓温，是个很有男子汉气概的人。

“素有知人之称” 的温峤和桓温的父亲桓彝关系很好，见到刚出生不久的桓温后，赞道：“此儿有奇骨，让我听听他的哭声！”等听到桓温的哭声后，温峤又赞道：“真英物也！”原来小桓温那一声哭，颇具男子汉的潜质!

及至桓温成年，他的形象已经透露出强烈的男子气质。据《晋书·桓温传》记载，他“豪爽有风概，姿貌甚伟，面有七星”。所谓“七星”，就是脸上长有七颗黑痣。

当时有一个善于品评人物的名士叫刘惔。他说桓温“鬓如反猬皮，眉如紫石棱”，即说他的鬓毛像刺猬那样直硬，眉毛像紫石英（一种可以入药的矿石）那样棱角分明。

晋朝南康长公主就嫁给了这位相貌奇伟的男人。当时的皇帝是南康长公主的弟弟晋成帝司马衍。司马衍为什么要将姐姐嫁给桓温呢?

因为桓温做成了一件大事情，惊动了全国。

桓温十五岁的时候，父亲桓彝被自己手下的谋士江播所害。他为报父仇，“枕戈泣血”，没有哪一天不在想报仇之事。但等他长到十八岁，正准备手刃江播时，江播病死了。江播的三个儿子害怕桓温寻仇，在灵堂吊孝时暗藏利刃，等待桓温的到来。虽然江家三兄弟防范严密，桓温还是混进了灵堂，手起刀落，先是干掉了江家老大，然后又将老二与老三杀翻在地。

“父债子还”，在现在看来，做得有些过分，而在当时是天经地义的事情，而且桓温也并未血洗江家，杀害妇孺，斩草除根，所以，他的复仇之举得到广泛称赞。这个出身名门、勇武血性的青年顿时声名鹊起，一下子成了全国瞩目的“复仇之星”，连晋成帝司马衍也佩服不已，亲自为姐姐敲定了这门婚事。

桓温对敌人毫不手软，但又自有分寸。而对于朋友，他能让则让，从来不摆官架子，心胸开阔，为人随和。

有一个襄阳人叫罗友，从小就被称为“痴人”，其“痴”之一，就是喜欢到别人家里蹭饭。

有一次桓温在家宴请别人。罗友突然来访，说有事相商，桓温就邀请他吃饭。罗友在宴席上大吃大喝，吃完后，连一句告辞的话也不说，拔腿就走。桓温很奇怪，问他：“不是说有事相商吗？”罗友答道：“我听说白羊（吴地出产的一种羊）的肉很好吃，而我呢，从来没吃过。现在我吃饱了，要走了。”桓温当然也只是笑笑，没有丝毫不快。

还有个叫谢奕的人，和桓温的私交非常好。桓温举荐他当上了司马。两人虽然成了上下级关系，但相处仍很随意。谢奕在老朋友桓温家里就跟在自己家里一样，穿着邋遢，谈笑自如，和没当上司马前并没有两样。桓温称他是“方外司马”，就是居高官，却不受礼俗管束的意思。

谢奕嗜饮，常常追着桓温拼酒。桓温被追得走投无路，只好跑到自己的房里避战。哪知“酒鬼”谢奕死缠烂打，依然不放过他。实在被逼无奈，桓温就躲到夫人南康长公主的房里，谢奕这才不敢追来了。

有趣的是，每当这时，南康长公主就会幽怨地对桓温说：“如果没有这个狂司马，我怎么见得到郎君你啊！”

桓温虽然外形威猛，但心思特别细腻，很有人情味。

有一次，在行军途中，有个士兵抓了一只小猴，小猴的妈妈——一只可怜巴巴的母猴，一路追随哀嚎，肝肠寸断，伤心而死。士兵解剖了母猴的尸体，发现母猴的肠子真的断成了一节一节的。在一般人看来，这本是无关军事的小事。但桓温听说这事后，严厉惩罚了那个抓小猴的士兵。

桓温的人情味还表现在管理上。

一次，大家在一起吃饭，一位参军吃蒸薤（薤是一种有球茎的蔬菜）的时候，出了点小尴尬。那蒸薤黏在一起，夹不上筷子，同座的人又都不肯出手相助，而这位参军又固执地不肯放手，在座的人都幸灾乐祸地笑了。桓温生气地说道："同盘尚不能相助，况复危难乎？"于是，他下令罢免同座之人的职务。

桓温北伐的时候，经过金城，看到自己三十年前亲手种的那些柳树，现在都长成了十围的老树了，不由感慨道："木犹如此，人何以堪！"树都这么大了，人就不要说了，他感叹岁月无情，攀柳折枝，泫然流泪。

他曾说："既不能流芳百世，不足复遗臭万载耶？"这正是他最有气概的地方，不甘平庸地像温吞水一样活着，而要轰轰烈烈地在人生这个快车道上风驰电掣，要么干点惊天动地的好事，要么干点惊天动地的"坏事"。桓温希望做下的所谓"坏事"，并不是祸国殃民危害无辜的事，只是想让朝廷加其九锡，这叛逆之举违反了所谓的伦理纲常。

桓温三次北伐，功败垂成，只活了六十一岁就病死了。遗憾的是，事与愿违，他既没有流芳百世，也没有遗臭万年。

成败伍子胥

伍子胥这一生，成在识人，败也在识人。

伍子胥的父亲被楚平王身边的小人费无忌所害，他逃到吴国时，复仇大业无法施展，只好寄希望于急于篡位的公子光，帮助公子光除掉吴王僚就可以曲线复仇了。然而，找谁当杀手呢？

一个偶然的机会，伍子胥发现了专诸。“碓颡而深目，虎膺而熊背”，这是专诸不凡的相貌，而真正打动伍子胥的是一个细节：专诸在路上和人斗气，专诸的眉宇间聚集了万分的怒气，眼看一场流血冲突不可避免。但就在这时，他妻子呼喊他，他就回家了。

伍子胥十分欣赏专诸的勇猛和忍耐，便刻意与他结交，后来将他推荐给公子光。最后，专诸果然成功地刺杀了吴王僚。

公子光即位，即为吴王阖闾。伍子胥明白，要伐楚复仇，吴军还要有得力的将才，而孙武正是最合适的人选。

孙武是从齐国来到吴国的，来吴国的时间不短了，《孙子兵法》写出了十三篇，但是无人过问。

伍子胥慧眼识才，他在阖闾面前极力褒扬孙武，但毫无名气的孙武根本不能引起阖闾的兴趣。伍子胥锲而不舍地向阖闾推荐孙武，到第七次，阖闾终于答应看一看孙武的兵法。

阖闾看完兵法，对孙武进行考验之后，任他为大将，带领吴军伐楚，并最终占领楚国国都。伍子胥对楚平王掘坟鞭尸，了却平生所恨。

对阖闾、专诸、孙武三人，伍子胥都看得很准，成功地利用他们报了父仇，而对另外两个人，伍子胥却没有看准，以致葬送了自己的性命。

伯嚭是楚国名臣伯州犁的孙子，和伍子胥一样，被小人害得家破人亡，听说伍子胥很受吴王器重，就赶来投奔。出于同病相怜的心理，伍子胥向吴王阖闾举荐了伯嚭。

吴国大夫被离提醒伍子胥说："你只见其表，不见其里。我看伯嚭为人，鹰视虎步，本性贪佞，专功而擅杀。你如果重用他，日后定会受到牵连！"伍子胥却把被离的话当成耳边风。

后来果如被离所言，当上太宰的伯嚭与勾践勾结，陷害伍子胥。等伍子胥出使齐国，把自己的儿子寄养在齐国大夫鲍牧家中时，吴王夫差对伍子胥的怀疑与不满终于爆发了，赐剑让他自杀。

伍子胥与其说死在太宰伯嚭或者吴王夫差手中，还不如说死在自己手中。

本来，夫差是没有机会继承王位成为吴王的。

当时，阖闾的长子早夭，阖闾想在众多儿子中选出一位继承人。夫差是老二，但阖闾对夫差不太满意。

夫差找到伍子胥说："听说父王要立太子，除了立我，还能立谁呢？这事就全靠先生您了！"伍子胥对夫差保证道："只要太子没有定下来，我一开口，这太子之位就是你的！"

阖闾不同意伍子胥的建议，说："夫差愚蠢且不仁，恐怕不能担当国家大任。"伍子胥又一次发扬了他七荐孙武的精神，苦口婆心地给阖闾做工作，说了夫差的不少优点，如"信以爱人""端于守节""敦于礼义"等。阖闾当时非常信任伍子胥，于是，夫差当上了太子，并最终继承了王位。

伍子胥拿剑自杀的那一刻，后悔不迭："早知如此，就真不该推荐你做什么太子！我真是聪明一世糊涂一时啊，关键时刻选了一个屠杀自己的刽子手！"

无边的委屈和愤怒，让他发下誓言："你要杀我，就把我的眼珠挖出来挂在城墙上，让我亲眼看着越兵进城灭吴！"

而夫差也不示弱，做得更绝，他命人将伍子胥的尸体装到皮袋子里沉了江——让他什么都看不见！

伍子胥死后，吴国被越国所灭，夫差掩面自杀。

而被勾践收买的太宰伯嚭呢，也没得到好下场，勾践羞辱他一番后将他杀死，然后抛尸于道路上，路人争相吐唾沫。

再看百姓怎样对待伍子胥的。当伍子胥的尸体沿江漂至胥口，当地民众将其捞起，并给予厚葬，还自发建造了胥王庙，常年祭祀。

千古高风严子陵

严光，字子陵。他与汉光武帝刘秀是同窗好友。那时候，刘秀平头百姓一个，默默无闻，严子陵却因勤奋好学、博闻强识而闻名遐迩。

公元 8 年，王莽称帝，以重金高官数次聘请严子陵，但严子陵十分反感王莽的篡汉行径，隐名换姓，避居僻乡。

后来，刘秀骑着一头耕牛参了军，跟他哥哥一起起事。刘秀出生入死，辛苦打拼，竟然白手挣下一份江山，成为史上唯一的“牛背皇帝”。

这时候，刘秀第一个思念的人，不是和他分居两地的结发妻子阴丽华，而是同窗好友严子陵。

刘秀下诏到严子陵的家乡会稽郡，让严子陵来见他。会稽太守接到圣旨，在会稽郡内严密排查，仍不见严子陵的踪影。

报到刘秀那里，刘秀凭着记忆，口述了严子陵的相貌，让人画了一张严子陵的像，到处张贴。

不久，有人报告在山东沂河发现一个怪人，长相和那张画像有点像。别人钓鱼都是披着蓑衣、戴着斗笠，此人钓鱼却身穿羊皮大衣、头戴皮帽。

刘秀让使者带了好多聘礼，驾着聘请贤人的专车，赶往沂河，去请严子陵。

使者跑了三趟，严子陵才肯来。刘秀亲自出宫迎接，欣喜万分。

刘秀把他安排在国宾馆，让御厨给他做饭。

当时有一个老奸巨猾的官僚叫侯霸，与严子陵也认识，听说皇上请来严子陵，就想和他套近乎。

但是侯霸官僚主义作风严重，说自己很忙，派下属去见严子陵。

严子陵口述，侯霸的下属笔录，因为他想带一封信给侯霸。信中写道："侯霸先生，做了司徒，很好；为君主卖力，很好；拍马溜须精通，很好。"

侯霸的下属还准备写下去，严子陵说："没了。"

侯霸的下属不甘心地劝道："就这么几句话，字数不够啊，再添点吧！"

严子陵生气地说："我又不是卖小菜的，你说添一点就添一点？"

侯霸的下属回去把信的内容向侯霸一报告，侯霸气坏了，直接将信交给刘秀，想让刘秀评个理。刘秀看了信，笑道："好个严子陵，还是像从前那样狂傲啊！"

刘秀马上又去见严子陵，希望严子陵留下来辅佐他，只要严子陵愿意，他立马就委以重任。

严子陵也直说了："当官不自由啊，每天早请示晚汇报的！今天不准说做官的事，你再说，我可要走了！"

刘秀于是转换了话题，突然问严子陵："比起过去，我现在怎么样？"严子陵说："比过去强一些而已！"

这个严子陵，连赞美之辞都这样吝啬，能从他的口中听到如此赞语已是登天了。不过，也可以从另一个方面去想，在严子陵眼里，刘秀从草根成为皇帝，只是强一些而已，可见严子陵的人生观！

刘秀听了这夸奖，一兴奋，决定晚上不走了，和严子陵一起睡。

睡觉的时候，严子陵的一双臭脚搁在刘秀的肚子上面，呼噜打得震天响。

太史听说这事后，大概是嫉妒吧，第二天起了一大早，编了个谎言向刘秀汇报："昨夜观察星象，发现客星冲犯了帝座，很厉害。"

刘秀轻描淡写地说："我不过是与老同学同住一宿罢了。"

太史觉得很没趣。

刘秀本来想让严子陵当谏议大夫，严子陵不干，坚决要回富春山去种地、钓鱼。刘秀无奈，只好放他走。

严子陵活到八十岁后老死在桐庐富春山。刘秀念旧情，赐给他家一百万钱、一千斛谷子。

严子陵视功名利禄为粪土，在他眼里，功名利禄都是浮云，自由才是最可贵的。

历来的读书人都很尊敬严子陵，认为他是一个真正的隐士。北宋名臣范仲淹为他建了钓台和子陵祠，并写了一篇《严先生祠堂记》，赞曰："云山苍苍，江水泱泱。先生之风，山高水长。"

朱元璋却十分痛恨严子陵，专门写了一篇文章痛斥严子陵，说："朕观当时之罪人，罪人大者莫过严光、周党之徒。"在他看来，如果没有刘秀平定天下，严子陵这种知识分子"求食顾命"尚且不暇，何来闲情钓什么鱼做什么隐士啊！

将范仲淹与朱元璋对严子陵的态度两相对照，十分耐人寻味。

在岩石上写诗的寒山

唐代诗人张继的一首《枫桥夜泊》使寒山寺家喻户晓，名扬天下。而寒山寺之所以被称为“寒山寺”，却是因为另外一个人。这个人就是寒山。

寒山寺建于六朝时期的梁代，原名“妙利普明塔院”。唐代贞观年间（627—649），名僧寒山和拾得曾由天台山来此住持，此寺遂改名为“寒山寺”。

从诗歌的角度来看，在国内张继的名气当然大过寒山，然而在国外则未必。在日本，寒山被公认为禅宗大诗人，日本学者对其诗的评价极高。寒山的禅诗在20世纪被西方汉学家大量翻译，极大地影响了美国当代诗歌，曾被作为嬉皮士的精神食粮，而寒山则被奉为嬉皮士的祖师爷。

钟玲女士在《寒山在东方和西方文学界的地位》一文中描述道：“今天若是你漫步于那几间美国名大学的校园里——例如加州大学、威斯康星大学——遇见那些蓄了长发、光着脚、挂着耳环（男的或女的）、满街跑的学生，不妨问一问他们有没有读过寒山的诗，也许有一半会告诉你，他们很崇拜这位中国诗人寒山。”

寒山参加过四五次科举考试，都落榜了，父兄妻子对他都很冷淡。一气之下，他抛妻别子，背井离乡，四处流浪。他到过湖北，还在山东当过小官，后来到济公故里——天台山隐居。

他隐居的地方因为“当暑有雪”，亦名“寒岩”，而他自己也就被人称为“寒山”了，致使本名反而湮没无闻。

寒山由于没有固定收入，吃饭、穿衣就很成问题。

一顶用桦树皮制作的帽子，一身到处灌风的破衣烂衫，一双缺了齿的木屐，就是他的全部装备。

寒山买不起纸，但山里多的是石头，于是，寒山就把诗写到岩石上。

幸亏那时有一个追慕者，也是一个和尚，叫道翘，跟在他后面。他每写一诗，道翘就把它记下来，要不然，寒山的诗我们今天就看不到了。

没有饭吃，诗人寒山就要被饿死了。一天他到处找吃的，来到国清寺，饿得实在走不动了，厨房里的小和尚端了一碗剩饭给他吃，他就和这个小和尚认识了。

小和尚是路边捡回来的野孩子，没名没姓，长大后就叫“拾得”，是个在厨房里洗碗筷、倒馊水的小人物，但是拾得也爱写诗。两个人由于相同的爱好，走到了一起。

自从结识拾得后，寒山就成为了国清寺的常客。

拾得准备了一个很大的竹筒，平时有残羹剩饭，就往里面倒。寒山如果来了，就把竹筒背回去。寒山并不以为这是一件丢人的事。

所以，在国清寺的长廊里常常上演这样一幕：

戴着树皮帽子，衣衫褴褛的寒山，背着一竹筒的残羹剩饭，一边慢慢地走，一边快活地唱着歌，而且不时疯疯癫癫地笑出声来。

国清寺的和尚们被激怒了，寺庙生活枯燥乏味，哪里让人高兴得起来啊，你一个讨饭的凭什么这样高兴，太不像话了！

不知谁喊了声“揍这小子”，众和尚一拥上前，将他推倒在地，痛快淋漓地“修理”了他一番。而寒山呢？拍拍身上的泥土，捡起竹筒和那顶树皮帽子，没事人一般呵呵大笑着出了庙门。

寒山曾经问拾得："世人有人谤我、欺我、辱我、笑我、轻我、贱我，我当如何处之？"拾得曰："只要忍他、避他、由他、耐他、不要理他，再过几年，你且看他。"

据此推断，寒山这一招，也许是拾得教给他的。

这样，"修理"寒山成了和尚们的日常娱乐活动，寒山也有机会吃饱肚子继续写诗了。

拾得的预言也不错，过了若干年，打骂寒山的那班和尚早已被历史遗忘，寒山的诗却能流传到今天，且能漂洋过海折服一帮玩世不恭的洋小子。

当然，这种比较还是太世俗，未免有些亵渎寒山，因为寒山心灵清澈，如他写诗自道："吾心似秋月，碧潭清皎洁。"寒山了解俗人心中所想，他在《时人见寒山》一诗里说：

> 时人见寒山，各谓是风颠。貌不起人目，身唯布裘缠。我语他不会，他语我不言。为报往来者，可来向寒山。

他不是独善其身，一有机会就苦口婆心劝诫世人：

> 嗔是心中火，能烧功德林。欲行菩萨道，忍辱护真心。 汝为埋头痴兀兀，爱向无明罗刹窟。再三劝你早修行，是你顽痴心恍惚。不肯信受寒山语，转转倍加业汩汩……

今天看来，寒山的"狂禅风骨"实际上是对世俗之人最澄澈最悲悯的关怀，也是人类心灵所能达到的最彻底的自由和解放。

唐玄宗不识颜真卿

唐代大书法家颜真卿五十四岁时，其兄颜允南去世。在《颜允南神道碑铭》一文中，他感念兄长教诲，不无深情地回忆了一件小事。

那时颜家养有一只断了腿的鹤。年少的颜真卿不懂事，练字时用毛笔在断腿鹤的背上乱涂乱画。大他十五岁的兄长颜允南见到后，语气严厉地教训他："此虽不能奋飞，竟不惜其毛羽，奚不仁之甚欤！"断腿的鹤就像落魄之人，一个人身处窘境时，也是最脆弱的时候，这时候被雪上加霜地踹上一脚，是多么令人心寒啊。

按颜真卿自己的说法，这件事使他终生铭记，对其为人处世影响深远，安史之乱时他独当一面，就是一例。

755 年，安禄山造反。其军队如入无人之地，仅用三十多天就攻占了东都洛阳，刚从温柔乡醒过来的唐玄宗不由叹息道："河北二十四郡，竟无一忠臣！"这时有人来报，说河北尽陷，只有颜真卿镇守的平原城没有损失。唐玄宗这才开始关注颜真卿，说："朕不识真卿久矣！"其实他这时候连颜真卿长什么样子都不知道。《旧唐书》就是这么说的："朕不识颜真卿形状如何，何为得如此！"唐玄宗觉得意外，也许还心中有愧。

颜真卿却不这样看，他认为皇上对自己有恩，哪怕这恩只似滴水，也当涌泉相报。

史书公认颜真卿为"忠烈之士"，其实他更是位"性情中人"，"性情中人”重在“义”，而非“忠”。

颜真卿被贬到抚州时，处理过一件著名的离婚案，这从另一面显示了颜真卿同情弱者的人情味。

一天，一个妇女求见颜真卿，要求官府出具文书，准许她与丈夫离婚，并呈上其夫同意离婚的诗作。颜真卿了解情况后，得知其夫是位嗜学的穷秀才，妻子嫌他无权无钱无出息，要与他分道扬镳。颜真卿认为这件事败坏了风俗，如果只作判决，而没有褒贬，就会误导社会风气。他作了一个大概会让今天的女权主义者愤怒的判决，那就是将该妇女责打二十大板，任其改嫁；对于穷秀才，他又是送布绢二十匹，又是送米二十石，还委任其为州署的小吏。

不知道当时的“婚姻法”是怎样的，这样的判决是否合乎法律程序，但毫无疑问的是，这样的判决在当时是大快民心的，人们拍手称快。此事影响甚大，从此，当地“莫敢有弃夫者”。

“性情中人”绝对直率坦诚，说话干脆，办事利落，不像那些高标绝世、狂傲不羁的所谓圣贤人物，放不下矫情的架子。

765 年，关中大旱，粮食歉收，颜真卿家里也没米了，他自述“拙于生事”，全家吃粥已经有几个月了，而且现在连粥也吃不上了。颜真卿只得写了封《乞米帖》，向同事兼好友李太保求助，要对方“惠及少米，实济艰勤”。借点米，本是一句话的小事，颜真卿偏要郑重其事地写下“借条”，可见他心底坦荡：现在遇到天灾，全家老小没饭吃，全都因我不擅生计，自恃与你李太保感情好，向你借点米，没什么丢人的啊。

现代作家黄裳说：“予观鲁公《乞米帖》，知其不以贫贱为愧，故能守道，虽犯难不可屈。刚正之气，发于诚心，与其字体无异也。”后世认为颜真卿是唯一能和王羲之在书法上抗衡的大家，这种看法，多少都受到了其人格的感召。

“性情中人”至情至性，敢爱敢恨，爱恨分明。正因为如此，很多时候，他们总是不讨人喜欢。

奸相李林甫、杨国忠掌权时，不喜欢正直敢言的颜真卿。宰相换成了元载后，元载又看他不顺眼，将他贬官。德宗的时候，先是杨炎任宰相，厌恶他，削弱他的实权。杨炎罢相后，卢杞入宰，更是视他为眼中钉，降了他的官职后，还想将他排挤出京城，派人问他想当哪个地方的行政长官。颜真卿看穿了卢杞的把戏，干脆揭穿他：“我知道自己性情耿直而被小人憎恨，不止一次被贬逐，现在年老体弱，实打算得到你的庇护。当年你父亲的头颅被传送到平原郡时，脸上的血我不敢用衣服去擦拭，亲自用舌头去舔。你就这样狠心容不下我吗？”卢杞听了，表面上惊慌失措地向颜真卿下拜，内心却对他更加仇视。

卢杞何许人也？此人心狠貌也丑。他还未当上宰相时，去拜访朝廷重臣郭子仪。郭子仪见客人时，一般都有女眷在场，唯独他来的时候让女眷回避。家人问其故，郭子仪说，卢杞一半脸是蓝的，且心胸狭窄，睚眦必报，女人见了肯定会笑他丑陋。以后卢杞得志，我们家儿孙就一个没有活的了。

对于这样一个阴险的小人，位高权重的郭子仪尚且畏惧有加，屡遭排挤的颜真卿却不怕得罪，更见出颜真卿的真性情。

当时安禄山攻取洛阳后，杀死了大唐的三位官员，这其中就有卢杞的父亲——时任御史中丞卢奕。安禄山派段子光拿着三位官员的首级到河北示众。颜真卿怕军心动摇，腰斩了段子光，并将三位官员的首级装上用稻草做成的肢体，入棺祭葬。在祭葬之前，颜真卿出于对为国捐躯的卢奕的尊敬，就有了“以舌舔血”这段故事。

单凭“以舌舔血”这个细节，就可以看出颜真卿绝对是那种为朋友两肋插刀、赴汤蹈火的人。所以，清人王澍在《竹云题跋》中说：“此鲁公做人坚刚如铁，乃于朋友之间万分委至，故知千古真君子未有不近人情者也。”

颜真卿的为人，欧阳修也很钦佩：“颜公书如忠臣烈士道德君子，其端庄尊重，人初见而畏之，然愈久而愈可爱也。”

颜真卿为何初见让人畏？一半缘于他外貌的庄重、神态的严肃；一半缘于他处事的风格。而日久之后，人们又觉得他可爱，必是因为他公正好义的性情。而觉得他可爱的人也必是正人君子，在卢杞之类的小人眼里，他是永远可爱不起来的。

颜真卿最终被卢杞算计。卢杞提议让他去安抚叛将李希烈，明摆着就是送他入狼窝，他却慷慨赴行。颜真卿劝李希烈息兵归降，李希烈欣赏颜真卿，劝颜真卿助他反唐，并多次劝诱威胁他。颜真卿指着李希烈的鼻子骂道：“可惜我手中没刀，如果有刀，就把你宰了，看你还来不来劝我！”

后来，李希烈派人在院中挖了一个大坑，扬言要把颜真卿活埋。颜真卿极为坦然地说：“死就死，这是我的命！”并自作墓志和祭文，准备以死殉国。李希烈还不死心，又让手下在院子里堆上柴，生起大火，说：“你如果还不投降，就自己往火堆里跳吧！”颜真卿二话不说，当下就往火堆里跳，李希烈的手下连忙扯住了他。就这样，颜真卿既不吃软，也不吃硬。李希烈无法，软禁折磨了他三年，最终将他缢死。他死时还骂不绝口，终年七十七岁。

颜真卿不愧为“千古真君子”。

“至今思项羽”的李清照

青州十年，是宋代女词人李清照与丈夫赵明诚最幸福的十年。

夫妻俩志趣相投，每得到一本古籍，就一起校对，题写书名。得到书画、古玩，两人常常一起观摩把玩，批评指摘。

有一次，有人向夫妻俩兜售南唐画家徐熙的《牡丹图》，要价二十万，他们无力购买，将画留在家中欣赏了两个晚上，才归还给卖主。为此，两人在家中相对叹惋了数日。

但之后发生的一件事，使李清照对赵明诚非常愤怒与失望。

公元1129年，已经做了一年多江宁知府的赵明诚，得到调任湖州知府的命令。正当他办理交接手续的时候，一位姓李的下属带来紧急情报：“御营统制官王亦阴谋叛乱！”

作为过渡时期的官员，赵明诚这时候至少应该报告上级，或者调遣兵力做好平乱的准备，但是他的表现非常不光彩。在当天晚上，他竟然当了可耻的逃兵——与另两位官员一道“缒城逃走”了，完全不顾全城百姓的安危，这当中，当然包括李清照。

幸亏那位姓李的下属自己组织力量，平定了王亦的叛乱。不然，李清照，还有他们夫妻俩辛苦收藏的十几车文物，都会成为王亦的战利品。

朝廷得知此事后，立刻罢了赵明诚的官。

赵明诚逃跑时，为什么不带上李清照呢？难道李清照在他心中不再重要了吗？他早已厌倦她了吗？不是，他根本不敢拉她“下水”。做了这么多年的夫妻，他还不了解她的个性吗？她是何等刚直的女人，如果要她和自己偷偷开溜，那鄙夷的目光当如利剑刺穿他的灵魂。

毋庸置疑，赵明诚的自私与贪生怕死，让李清照寒心、痛心、羞愧之至，她与不无狼狈的赵明诚途经芜湖、当涂，前往江西，船行到乌江镇时，李清照忽然想起这正是当年项羽兵败自刎之处，不由得百感交集。

她自然而然地将项羽与赵明诚作了比较，生平第一次觉得饱读诗书的赵明诚是那般渺小，而一介武夫的项羽是那样高大。面对奔流不歇的长江水，她心潮起伏，写下了这首千古绝句：

生当作人杰，死亦为鬼雄。
至今思项羽，不肯过江东。

不久，赵明诚就接到了让他复官的圣旨。但他一点也高兴不起来，还有什么比妻子的藐视更让人羞愧的呢！他与李清照之间，产生了一道深深的裂痕。

这时候，宋高宗从杭州逃到建康，命令赵明诚立即上殿朝见。赵明诚临时将李清照安顿在贵池，单身前往。分别之际，赵明诚“葛衣岸巾，精神如虎，目光烂烂射人”。

李清照感觉不妙，大声喊道：“假如城里局势危急，怎么办呀？”

赵明诚伸出手回答道：“跟

随众人吧！先丢掉行李衣物，再丢掉书册古董，只有那宝贵的三代古鼎，一定要带在身上，与之共存亡！不要忘记啊！”

赵明诚显然是一个“严于律人，宽以待已”的人。现在他让李清照与宗器共存亡，显然他已经忘了，先前自己“缒城逃走”时，自己可是什么都没有带的啊！

这些，李清照根本不会计较，她唯有含泪应允。

赵明诚由于过于劳累，加上天热，到达建康之后，患了重病。等李清照日夜兼程火急火燎地赶到时，他已病入膏肓，几天之后就病逝了。这一年他四十九岁，她四十六岁。

北宋奇女胡淑修

胡淑修，字文柔，常州晋陵（今江苏常州）人，北宋著名词人李之仪的结发妻子。她天姿聪慧，又出生在一个书香门第，自幼就受到很好的熏陶和教育。

胡淑修是一个全才，她通五经，谙《史记》，研佛书，作诗词，尤精于算术……

说她是数学家，并不为过，因为当时的人就是那样认为的。连沈括这样的大科学家，也曾经多次向她请教数学难题，并且多次发出这样的感叹："胡氏如果是个男的，肯定是我的好朋友！"沈括博学多才，仅在数学方面，他就创立了"隙积术"和"会圆术"。看他对胡淑修评价这么高，就可知晓胡淑修的数学功底有多深了。

李之仪与才女胡淑修结为伉俪，实是天作之合，两人志趣投合，品味一致，相爱相知。新婚不久，李之仪就要参加科举考试，自然难舍新婚妻子。胡淑修柔语相劝："你呀，别把我看得太重，管好这个家，奉养老人，都是我的事，你放心地去吧！"

李之仪的仕途非常不顺，为官期间，发生了一件事，如果不是胡淑修有胆有识，做出非常之举，李之仪怕是性命不保。

这话得从李之仪拜范仲淹的次子范纯仁为师说起。李之仪深得老师范纯仁器重。1101 年，范纯仁病重，把李之仪叫到病床跟前，口授政治遗言。后来，李之仪将其整理成遗表呈给皇帝，并为范纯仁写了传记。

此时，以打着新法幌子起家的蔡京，做了右仆射兼中书侍郎，大权在握，大肆打击旧党。而范纯仁生前一直反对新法，并与蔡京不和，蔡京早就想对他下手了。范纯仁一死，李之仪成了接班人，站到了风口浪尖，蔡京当然不会放过他。蔡京找出遗表中的反对新法之语，发起一场文字狱，诬陷李之仪杜撰遗表，辱骂新党，将他逮捕入狱，严刑拷打。

胡淑修听说丈夫身陷囹圄，心急如焚地赶到汴京，亲自给李之仪做饭、送饭，给李之仪鼓气。接着，她动用所有关系，上下打点。然而，蔡京欲置李之仪于死地，她所有努力都是白费。

胡淑修费尽心力，终于打探到有位官员家中收藏了范纯仁的手稿，而手稿的内容正好可以驳斥蔡京的诬告。只要拿到手稿，李之仪就有救了！于是，她急忙赶到这个官员家中，恳求对方给她手稿。哪知这个官员害怕蔡京的权势，死活不肯出示手稿。胡淑修救夫心切，想出一个奇招，她以重金收买了该官员家中的仆人，弄清了手稿所藏之处，然后如女侠一样，穿堂入户，将手稿盗出，再挺身上朝为李之仪申诉。

此举震动朝野，士大夫啧啧称奇，太后也特地将她接到宫中，给予抚慰。这样，蔡京才免了李之仪的死罪，将他除名，并编管太平州（今安徽当涂）。“编管”是当时最重的贬黜等级，受此处分的官员等于判了刑，失去了人身自由。

丈夫死里逃生，胡淑修喜极而泣，对丈夫身处逆境的泰然佩服不已。她无限深情地说：“你深陷囚牢，受了多少罪啊，可是你现在脸色红润，好像比平时还长胖了一点，看来你没把这当回事啊！”

有一种爱，叫心心相印；有一种爱，叫夫唱妇随；有一种爱，叫生死相许。胡淑修与李之仪之爱把这三者都占全了。

胡淑修非常敬仰大文学家苏轼。

有一次，苏轼登门拜访李之仪，胡淑修从屏风间偷偷观察苏轼。她折服于苏轼的谈吐，之后对李之仪说："我原以为苏子瞻是空谈之士，现在才知道他是个做事认真的人，真是一代豪杰！"

随着李之仪和苏轼越走越近，胡淑修也对苏轼越来越了解。她多次对李之仪说："苏子瞻名倾一时，读他的书，让人有杀身成仁之志。你应该多同他交往！"

1094年，宋哲宗亲政，重新启用新党，将苏轼作为旧党要员处置，对他一贬再贬。对于这位倒霉人士，别人都是避之唯恐不及。胡淑修却在苏轼临行前亲手为他缝制锦衣，感慨道："我一个女人，有幸结交这样的人，还有什么遗憾！"

这时候，常州有多人因受苏轼牵连被披枷示众，胡淑修竟然主动站出来，自愿加入到挂牌示众者之列。她对围观的路人激昂地说："我重苏子瞻其人，慕其义，心领其神已久，自愿同罪，使天下人知道，这世上尊敬苏公的并非只有男子！"此语慷慨雄健、掷地有声，胡淑修真可谓巾帼英雄！

1103年，胡淑修跟着被贬的李之仪一起来到太平州。太平州并不太平。李之仪携妻子儿女一共六人来到这里后祸不单行，先是女儿及儿子相继去世，接着，与他相濡以沫四十年的爱妻胡淑修也撒手人寰！

李之仪悲痛欲绝，把妻子安葬在太平藏云山的致雨峰下，并为她写下一篇感人肺腑的墓志铭：

与余四十年伉俪，胡氏上自六经，司马氏史，及诸纂修，多所综织。于修学则终一大藏。作小歌词禅讼，皆有师法，而尤精于算数……

“天地间第一流人物”范仲淹

范仲淹，字希文，谥号“文正”，北宋著名政治家、文学家。

他两岁死了父亲，四岁母亲改嫁。他读书极为刻苦，“划粥而食”不说，大冷天还用冷水浇脸提神，最厉害的是，“五年不解带”，也就是说五年没脱衣服睡觉。二十五岁那年，他在应天府书院读书。皇帝路过书院，人们争先恐后地跑去看皇帝，只有他不去。别人问他为何不去，他只说了一句：“将来再见也不晚！”果然，第二年，他考中了进士，参加殿试时，第一次见到了年近五旬的真宗皇帝。

有人问少年时的范仲淹长大后想干什么，他脱口而出：“要么当个好大夫，要么当个好宰相。好大夫为人治病，好宰相治国为民！”

范仲淹跟着改嫁的母亲到了山东淄州长山县（今邹平县）朱家，朱家为他改了名字叫“朱说”。朱家很有钱，平心而论，朱家没有虐待他。范仲淹之所以让自己这么辛苦，完全是为了励志。范仲淹在一座破庙里读书，每天早晨、晚上，读书的声音特别大，所以山里的和尚都认识他。他每天只煮一盆粥，粥凉之后划为四块，早晚各取两块，拌一点姜、蒜就吃起来，吃完之后继续读书。

后来，范仲淹到应天府读书，继续保持这一习惯。有个官宦子弟看他生活清苦，出于好意，送了些美食给他。他却任美食发霉，一口不尝。官宦子弟埋怨他，他说：“切粥割齑的生活我过惯了，我怕吃了你的美食，往后就咽不下粥和咸菜了！”

他不是不好这一口，而是真的有大志向。这志向，也是他的信仰，就是他后来总结出来的：“先天下之忧而忧，后天下之乐而乐。”

有人会说他虚伪。但他真不是虚伪，这里举几个他敢于对抗当权者的事例。

宋仁宗二十岁的时候，是个傀儡皇帝，执掌朝政的是太后刘娥，满朝文武包括皇帝，都得看她的脸色。宋仁宗为了讨刘娥的欢心，打算率领百官给太后贺寿。

没人敢说一个“不”字，范仲淹站出来了。他强烈反对群臣给太后贺寿，写了一个奏章。奏章里说，太后过生日，皇帝一个人去，倒还说得过去，带领百官跪拜，岂不是坏了体统？皇帝代表国家啊。不用说，太后很生气，要处分范仲淹。

后来，太后刘娥去世，宋仁宗亲政。

有一年七月，旱灾、蝗灾在全国蔓延，淮南、京东一带特别严重，范仲淹请求仁宗派人去赈灾。仁宗爱理不理，范仲淹说话就不客气了。他质问皇帝：“如果宫中的人半天没饭吃，会怎样？那么多老百姓饿了多少天肚子了，您将心比心想一想吧！”

宋仁宗只好派范仲淹去赈灾。范仲淹每到一处，就开仓放粮，减免赋税，安顿百姓。等灾情缓解之后，他又从灾区带来一些灾民充饥的野草给皇帝和六宫贵戚看，说：“看看吧，灾民们就吃这个，多苦啊！”

庆历年间（1041—1048），官僚机构庞大，行政效率低，范仲淹帮助仁宗皇帝改革，时称“庆历新政”。“新政”的重头戏是官僚制度改革，他大刀阔斧地整顿吏治，不讲亲疏，不避权贵，削弱“门荫”集团，同时派亲信明察暗访各级官员，对有才能的官员加以提拔，对贪腐官员则大笔一挥，把名字划掉。有人戏称他的一支笔比阎罗判官手中的笔还狠。

富弼劝他："你这大笔一勾，可知道他全家都要哭！"

范仲淹回答："一家人哭总比一个地区的人哭要好！"

宰相吕夷简广开后门，任人唯亲。范仲淹经过详细调查，绘了一张《百官图》呈给宋仁宋，指出图中的百官，哪个是正当升迁的，哪个是违规升迁的，全凭事实说话。

吕夷简不高兴了，瞅准一个机会，在仁宗面前进谗言，诬陷范仲淹"离间君臣"，因为他曾关心过仁宗的继承人问题。仁宗当即就恼了，将范仲淹贬为饶州知州。

在饶州附近做县令的文友梅尧臣，出于好心，寄了一首《灵乌赋》给范仲淹，说他在朝中屡次直言，屡次被贬，以后就不能学凤凰那样叫得好听些？就算是不学凤凰叫，不学报喜鸟叫，只要闭了这张乌鸦嘴，保证平安无事，封妻荫子。

范仲淹也回了一首《灵乌赋》，说自己本来就不是什么"好鸟"，你不让我说话，我难受啊，他们再厌恶乌鸦的嘶哑之声，我还是要说啊。"宁鸣而死，不默而生"。用现在的话来说，叫作言论自由。范仲淹此言颇类似于那句西方名言——"不自由，毋宁死"，但西方这话比他晚讲了七百多年。

范仲淹军事上的才能也不可否认。

1038年，党项族首领元昊集十万军突袭宋朝延州（今陕西延安）。宋军大败，几位将领被俘，朝野震惊。

两年之后，五十二岁的范仲淹临危受命，征讨进犯之敌。他全面整顿军务，改革战术、战法，发掘人才，团结群众，不久就打了几次胜仗。西夏人胆寒不已，一提到范仲淹，就说："小范老子（范仲淹）腹中有数万兵甲，不比大范老子（范仲淹的前任范雍）可欺！"

范仲淹练兵很有一套，他的西北军纪律严明，名将狄青就是他培养出来的。直至北宋末年，西北军仍是一支劲旅。

秋天时，战马嘶鸣，号角声声，面对苍凉的战场，一种悲壮之感充斥胸膛，范仲淹写下一首《渔家傲·秋思》，寄给好友欧阳修。这首词被称为大宋第一首文人边塞词，开启了苏辛豪放词的先声：

> 塞下秋来风景异，衡阳雁去无留意。四面边声连角起，千嶂里，长烟落日孤城闭。　　浊酒一杯家万里，燕然未勒归无计。羌管悠悠霜满地。人不寐，将军白发征夫泪。

有一种责任叫坚守，有一种坚守叫悲壮，强虏未平，怎能返乡？浊酒悲歌，走马击剑，夜夜不寐的是我，也是家人，在等待中，我已是苍苍白发，就如那满地的白霜。爱国与乡思纠缠，空间与时间打斗，悲怆在心中打转，如同滚滚洪流需要寻找一个倾泻的出口。

据说，欧阳修读到这首词后，很是羡慕。他没上过战场，所以认为范仲淹干的这事才叫事业——“真乃大元帅之事也”。

范仲淹六十四岁时，死在奔赴安徽阜阳任职的路上。他的死轰动海内，连远在西北的少数民族人民也斋戒三日。凡是他做过官的地方，老百姓纷纷为他建祠画像。

后来的朱熹也极为佩服范仲淹，称他为“有史以来天地间第一流人物”。

军事奇才辛弃疾

豪放派代表词人辛弃疾年轻时即有雄心。

他出生时，山东已经沦陷了。祖父辛赞对他影响极大。辛赞虽在金国任职，但心一直向着南宋，常常带着小辛弃疾，登临高山，指画山河。辛赞告诉他，哪儿哪儿本是我南宋的地盘，现在却落入金人之手。我老了，打不动仗了。收复中原，报国雪耻，就靠你了！

辛弃疾听得心潮澎湃。到二十一岁时，他就拉起了一支两千余人的抗金队伍，投靠了当时山东境内最大的一支抗金义军，义军的首领叫耿京。耿京让辛弃疾掌管帅印和文书，相当于做秘书。

有一个小头领叫义端，原本是个和尚，平时与辛弃疾很谈得来，辛弃疾对他不设防，常与他一起吹牛聊天。不曾想，有一天，义端偷了耿京的帅印，去投奔金国。耿京大怒，要杀辛弃疾。辛弃疾立下军令状："三天之内，追不回帅印，再杀我也不迟！"

辛弃疾单人独剑，快马加鞭去追义端。不多久，他就追上了义端。义端回头一望，看到了一个杀气腾腾的辛弃疾，也看到了一头迅猛无比的"青兕"，当下一惊，滚下马来。青兕是古代传说中一种著名的猛兽，在《西游记》里是太上老君所骑的青牛，连孙悟空也奈何不了。

义端跪在地上，向辛弃疾磕头求饶："我会看相，刚才我看到你的真身，是一头青兕。青兕的力量能杀人，希望你不要杀我！"

死到临头，义端也不全是说奉承话。辛弃疾长得勇猛剽悍。史书上说，辛弃疾“肤硕体胖，目光有棱，红颊青眼，壮健如虎”。其友人陈亮评价其长相：“眼光有棱，足以照映一世之豪；背胛有负，足以荷载四国之重。”

杀义端，使辛弃疾声名远扬。接下来发生的一件事，更是大大震惊了金国与南宋。

抗金义军里出了一个叛徒，叫张安国。此人在金兵的诱降政策下，与人合谋杀了义军首领耿京，提着耿京的人头向金国邀赏。

辛弃疾只带了五十多个骑兵闯进了五万金兵大营，趁敌不备，生擒了张安国。他生擒的过程很勇猛。在这五万金兵大营中，辛弃疾如入无人之境，将张安国当成一只小鸡，夹在胳膊下就跑，一路上“束马衔枚”。就是将马蹄子用布包起来，在马嘴里塞上竹木，不让马发出一点声音。历尽艰险，辛弃疾终于抵达宋金边界——淮水，一天一夜没吃没喝。

这是南宋人洪迈《稼轩记》中记载的辛弃疾的壮举。有人说这也太夸张了，带五十个骑兵闯进五万人的敌营生擒叛贼，不跟金庸笔下的乔峰大侠有得一比了？

其实，这不夸张，辛弃疾的战术讲究的是快，他是在偷袭，敌人还没反应过来，他就得手了。乔峰大侠那是全凭盖世武功力战群雄，是武侠神话。

辛弃疾不光生擒了张安国，还策反了随张安国投金的部分义军，最后竟然带着一万多人的队伍归宋。朝野轰动，那些平时对局势抱悲观态度的人，听说了这件事，都感动奋起，连天子都一见“三叹息”！

叹息什么？不仅仅是佩服辛弃疾的勇猛，应该还有惭愧在里头。好多年来，大宋王朝都没有真正雄起过一回了。

辛弃疾是个军事奇才，整体上看，慢刀子杀人的战术他玩不好，他打仗讲究拼速度，看他写词，也讲究一个“快”字，“马作的卢飞快，弓如霹雳弦惊”。以迅雷不及掩耳之势，直取要害，是最痛快的事。

“了却君王天下事”，他掏心挖肺对皇帝好，图什么？他说得直白，“赢得生前身后名”，大丈夫嘛，谁不想青史留名？可惜“我本将心向明月，奈何明月照沟渠”，“可怜白发生”，人生也是那刀光剑影的战场，谁又斗得过时间？

在南宋，辛弃疾是个焦点人物，他身上的争议多，他也是某些人心中的“危险人物”。

指责辛弃疾“好杀”的大有人在。

辛弃疾也的确深信“用重典”远比说教管用。在湖北担任安抚使时，辛弃疾抓到强盗就杀头，过了一段时间，当地偷盗绝迹。在江西做安抚使时，他负责救灾，对于乱抬米价、发难民财的商人，轻者流放坐牢，重则斩首。

三十六岁时，辛弃疾临危受命，去讨伐茶寇。所谓“茶寇”，就是茶商、茶农组成的起义军，他们被官府的苛捐杂税逼得走投无路，揭竿而起。辛弃疾派出敢死劲旅，重挫起义军，后来又通过劝降，把“茶寇”首领赖文政诱骗到江州杀死，来投降的起义军也被辛弃疾全部处死。

至于钱财方面，辛弃疾更是备受指责。从二十九岁到四十二岁，十三年间，辛弃疾换了十四个官职。有人弹劾辛弃疾以权谋私，捞了不少油水，还有人干脆说他是个贪官。

辛弃疾差不多引起了公愤，在他身上，除了“杀人如草芥”这一条之外，又加了一条，那就是“贪钱如泥沙”。

四十一岁那年，辛弃疾用商船贩运牛皮。牛皮是当时明令禁止买卖的军用物资。商船经过朱熹的管辖之地时，被朱熹当场截获。辛弃疾连忙写信给朱熹，请他通融通融，朱熹才放他一马。

辛弃疾做地方官时，训练了一支“特种部队”，叫“飞虎军”。为迅速建好“飞虎营寨”，他下了一道命令：老百姓每家要从民房上取瓦两片，交给公家。结果中书舍人崔敦指斥辛弃疾劳民伤财，中饱私囊。

五十四岁那年，辛弃疾在福建任上时，谏官弹劾他“残酷贪饕，奸赃狼藉”。第二年冬天，又有人指控他占公财为己有，甚至将整个福州席卷一空。

六十五岁那年，闲居多年的辛弃疾复出，到隆兴当知府。不久，又有人指责他贪财好色。随即，他被免官。

有个才子叫刘过，诗词写得好，又有骨气，与辛弃疾很投合。有一次，刘过到辛弃疾那里玩。辛弃疾不光包了刘过半个月吃住，走的时候，还送给刘过一大笔钱。这笔钱，都抵得上当时宰相几个月的工资了。

大诗人陆游生活非常清苦，住在破旧的草堂里，辛弃疾几次三番提出要为陆游建新房，都被陆游婉拒。

辛弃疾财力雄厚。那时候，官员们流行建别墅。罢官前，他就在上饶附近买了一块地，在这里建了一百多间房子。

更重要的是，他身边的人不算少，侍从有好几个，子女也很多，这个大家庭的日常开销不是个小数目。他在带湖隐居之初，过的是高朋满座、莺歌燕舞的日子。如果经济不宽裕，怎么能这样？

要说辛弃疾是贪官，没有确凿的证据，宋朝是高薪养廉，不是有人换算出包拯的工资，说包拯的年薪相当于一千多万人民币。辛弃疾没做过京官，工资不比包拯高，他哪来这么多钱，是个谜。

杨慎直言上书谏皇帝

杨慎，明代文学家，字用修，号升庵，与解缙、徐渭并称明代“三大才子”。

他出生于四川新都一个官宦家庭。二十四岁时，参加会试，其文章被李东阳等人称为“海涵地负，大放厥词（由此可见，这个词最初毫无贬义）”。明武宗大喜，钦点杨慎为状元，授进士及第、翰林院修撰。

这事轰动了全国，也轰动了四川，要知道，杨慎是明朝四川出的第一个状元。

从杨慎祖父开始，杨家一门出了六个进士、一个状元。其父杨廷和官做得最大，担任了很长时间的首辅。

杨慎的才华是公认的，诗词不仅写得好，而且高产，现在留传下来的诗歌就有两千多首。此外，他还很博学，是个大杂家，他对词、赋、散曲、杂剧、弹词均有涉猎，另有杂著一百多种。简而言之，他就是一部百科全书。

著名思想家李贽就认为杨慎对明朝的影响，不亚于司马相如之于汉代，李白之于唐代，苏轼之于宋代。近代陈寅恪先生也对杨慎评价很高，说他“才高学博，有明一代，罕有其匹”。

杨慎是一个非常有气节的人，史书记载他“禀性刚直，对上每事必直书”。

明武宗朱厚照是出了名的荒淫无道。杨慎上奏章指责朱厚照太轻浮，太不注意形象（“轻举妄动，非事而游”）：你这当皇帝的理应为国事操心，哪有那么多闲工夫？

朱厚照哪会听杨慎的！杨慎一气之下请了病假，回了四川老家。临走之前，他写了首《西江月》，词里有一句“紫塞朝朝烽火，青楼夜夜弦歌”，说的就是朱厚照。

一次钓鱼时朱厚照落水受寒，不久就病死了，年仅三十一岁。

朱厚照没有儿子。他的堂弟朱厚熜继位当上了皇帝，是为嘉靖帝。

朱厚熜做了皇帝，要给生父一个名分，其父是兴献王，他不顾满朝大臣反对，先是将生父的封谥改成“皇考兴献帝”（“皇考”，就是在位的皇帝对先皇的称呼），然后又要将“皇考兴献帝”改为“恭穆皇帝”。其父一天皇帝也没当，这不是睁眼说瞎话嘛！

这时，杨慎已是翰林学士。

在此之前，他从四川老家回京，被安排为经筵讲官，做过几天嘉靖帝的老师。不过，嘉靖帝对他并没有多少好感，因为他总是利用上课时间，劝讽自己施政不当。

这次，皇帝铁了心要给父亲一个名分，杨慎等人铁了心反对，一场君臣对抗的大幕即将拉开。

左顺门前，杨慎与京城一百二十九名官员齐齐跪下，要皇帝收回成命。杨慎对官员们慷慨陈词：“国家养士百五十年，仗节死义，正在今日！”

字字铿锵，掷地有声。是效忠皇帝，还是效忠国家，或者说效忠一种根植于血液里的道统？对杨慎们来说，这根本不是一个问题。答案当然是后者。

他们从早晨 7 点跪到下午 1 点，足足跪了六个小时，如果不是皇帝派来锦衣卫，他们会继续跪下去。

锦衣卫来抓人的时候，杨慎不为所惧，撼门大哭，不肯离去，其他官员在他的带动下一起大哭，声震内廷。

嘉靖帝恼羞成怒，命锦衣卫将所有请愿者打入大牢。两天后，他下旨廷杖杨慎等一百六十多名大臣。这是何等壮观的场面，又是何等有辱斯文的场面，一百多名大臣被按在大殿上打屁股！这还不解恨，又过了十天，嘉靖帝下令第二次廷杖杨慎等七人。

在这次“大礼仪之争”中，一百八十多人丢了官帽，十八人活活被打死，杨慎在内的八人被流放到云南永昌，永不赦回。

现代人看待这次“大礼仪”事件，对杨慎的这种行为不以为然，认为他迂腐的大有人在。的确，还不需要杨慎去迎合皇帝，只要他保持沉默，以他的才华与名气，官运一定亨通，像父亲杨廷和那样做个首辅，是水到渠成的事。

事实上，有两个无名小辈，刚开始还只是挂职锻炼的基层干部，他们瞅准机会，力挺皇帝，其中一人骤升为二品大臣，又过三年，竟荣膺首辅之职，另一人也升为内阁辅臣。

杨慎在坚守着什么？又是什么值得他付出那么惨重的代价去坚守？这都是值得我们去深思的。

解缙的智商和情商

解缙五岁能诵读父亲教授之书，七岁能写诗作文，十九岁就中了进士。他历经了明朝三位皇帝，曾任内阁首辅，明朝第一任皇帝朱元璋和第三任皇帝朱棣刚开始都很宠信他，但后来都对他突然疏远了，朱棣还下令将其逮入监狱。他终被冻死雪中，时年四十七岁。

解缙的宦海浮沉，是一个拥有卓越才智的人的悲剧缩影。

想当年，解缙刚中进士，朱元璋就在百忙之中接见了这位“杰出青年”，随后，就时常将他带在身边，让他陪自己读书，与自己吟诗作对。

解缙才思敏捷，对对联是他的强项。他小时候，有位退休官员与他父亲谢开下棋，出了一联：“天作棋盘星作子，谁人敢下？”没等父亲张口，解缙就在一旁对出下联：“地当琵琶路当弦，那个能弹？”

《解学士全集》还记载了一事，说解缙和朱元璋钓鱼，朱元璋钓了半天，一无所获，让他赋诗一首解闷，他马上吟出一首诗，其中“凡鱼不敢朝天子，万岁君王只钓龙”哄得朱元璋格外开心。

然而，解缙骨子里还是很正直的，他心中有一种东西比皇帝的地位更高，那就是理想中的儒家礼仪。

有一次，朱元璋对解缙说：“我跟你论道义是君臣，论恩情像父子。你对我有什么建议尽管说啊！”

解缙当真了，立马写了份万言书，当天就呈给皇帝，对朝政大加批评，说“刑太繁”，说用人不择贤良……万言之中，大概只有“陛下天资至高”这六个字入得了朱元璋的眼。

朱元璋假意赞美解缙一番，以表宽宏和爱才之心。解缙意犹未尽，又上了《太平十策》，再述主张。

解缙在明朝开国宰相李善长被杀后，又写了一份申辩的奏折。这彻底惹怒了朱元璋。

于是，当解缙的父亲谢开进宫时，朱元璋让谢开将儿子领回去，话说得冠冕堂皇：“都说大器晚成，你如果将儿子带回家乡，让他在学业上有所增益，十年后再来，派上大用处也不晚！”

不知解缙当时反省过自己没有，如果皇帝单纯是为了让自己多读点书，何必要将他打发回老家？难道江西老家的书比京师文渊阁的书多？当时在朝的大臣有几个比他学问大？

只过了八年时间，朱元璋就驾崩了。当然，朱元璋如果不死，十年之后，仍然不会用他。

好在时来运转，解缙在经受了多年的寂寞之后，等来了赏识他的明成祖朱棣。

朱棣之所以器重解缙，一方面是他想笼络天下读书人的心，解缙无疑是读书人当中的优秀代表；另一方面，好大喜功的他想编一本有特色的大书，来显示自己的文治武功，而解缙是胜任编书工作的最佳人选。

解缙召集了一百多个读书人，分头编纂这部卷帙浩繁的书。到永乐六年（1408 年），这部书终于完成了。朱棣亲自作序，并将书命名为《永乐大典》。

在《永乐大典》完成之前，朱棣对解缙极尽恩宠，曾经对人说：“国不可一日无我，而我不可一日无解缙。”解缙感激涕零之情可想而知。

这时候，朱棣在继承人的问题上遇到了一个难题，从朱棣本人到部分大臣，都倾向于立朱棣的次子朱高煦为太子。因为朱高煦身高七尺，英武过人，善于骑射，立过赫赫战功，还救过朱棣一命，只是性情暴虐。朱棣的长子朱高炽虽然性情仁厚，但是有足疾，且身体肥胖，不能骑马射箭，朱棣甚至以减少膳食的手段强行让他减肥，都没有成功，朱棣很不喜欢这个看上去懦弱无能的长子。因此朱棣曾对朱高煦这样许诺："你大哥多病，将来皇位必将是你的。"

而按立长不立幼的宗法传统，朱高炽又是首要人选，所以朱棣去征求解缙的意见。

解缙态度鲜明地摆出自己的观点："皇长子仁孝，天下归心。"

朱棣默然不语，脸上浮出不悦之色。这当然是否定了他的人选。解缙抓住朱棣的弱点，玩了一个小聪明，他吐出了三个字："好圣孙。"朱棣果然笑了。

"好圣孙"指的是朱高炽的长子朱瞻基，也就是后来的明宣宗。朱棣相当喜欢这个孙子，据说朱瞻基出生的时候，正好遇到他做了一个非常吉利的梦，梦见太祖皇帝朱元璋赐给他一个玉圭，上面刻着"传之子孙，永世其昌"几个字。心情特别好的朱棣这时候去看刚出生的孙子朱瞻基，只觉得小家伙英气逼人，和自己长得很像，于是用心培养这个孙子，出征时都将朱瞻基带在身边。

将朱高炽扶上台，就是将野心万丈的朱高煦打入另册，从此朱高煦恨透了解缙。一场收拾解缙的血雨腥风即将到来，解缙却浑然不知。相反，他还主动将自己摆到朱高煦的对立面。朱高煦的太子之梦破碎，心生不满，行为日渐嚣张。解缙就在朱棣面前打朱高煦的小报告，说他所用的礼仪可以赶得上太子了。原以为朱棣会赏识他的忠心，但是朱棣的反应相当冷淡。

本来，朱棣在立皇太子的事上听了解缙的建议，已经有些后悔了，现在解缙又进一步掺和他的家事。他对解缙的反感陡然而生：你解缙说朱高煦“越礼”，那我们家庭的内部矛盾，你解缙插上一手又是不是“越礼”呢？

这以后，朱棣对解缙态度大变，甚至等不到解缙将《永乐大典》完成，就找了个“廷试读卷不公”的借口，将他贬到荒凉的广西当参议。

解缙的糊涂之处是到了这个地步还没有深刻地反思自己，以致几年之后，他做了一生中最大的一件糊涂事。那就是在朱棣不在京城的情况下（当时朱棣正远征鞑靼），私自去见了太子朱高炽。本来，疑心很重的朱棣对老实人朱高炽也不信任，他常怀疑太子有不轨行为。在这种情况下，解缙能随便去见太子吗？

而解缙在见了太子之后，也不等朱棣回来向他汇报这件事，就打道回府了。

等朱棣回来后，朱高煦立刻禀报了解缙的“可疑”行径，朱棣很生气。他认定解缙结交太子，图谋不轨，下令逮解缙入狱。

几年之后，朱棣在查看锦衣卫监狱关押的犯人名单时，见到了解缙的名字，只冷冷地问了一句：“解缙还活着吗？”锦衣卫头目纪纲心领神会，假意请解缙喝酒，将他灌醉，然后把他埋进厚厚的积雪中。他就这样被冻死了。

解缙死后，家产被抄没，妻子、儿女、宗族被流放到辽东。

至情至性的张岱

张岱，生活于明末清初，字宗子，号陶庵，著有小品集《陶庵梦忆》《西湖梦寻》等，还著有史学巨著《石匮书》。他是文学家，也是史学家。作家黄裳称他是“绝代散文家”。章诒和女士更是愿意穿越到明清，说嫁人只嫁张岱，因为这是一个既有“傲世刺世的锋芒，又有玩物玩世的谑癖”的独特男人，一个经历了大繁华与大悲凉的男人。

张岱讨厌一本正经的事，是个特立独行的人。

大雪三日，曾被张岱比作“名妓”的西湖，此时已是人迹罕至。入夜之后，张岱却独自一人乘船去西湖赏雪，“湖上影子，惟长堤一痕、湖心亭一点与余舟一芥，舟中人两三粒而已”。没想到在冰天雪地的湖心亭见到两位同道中人，他满心高兴地灌了几杯酒，连船夫都大发感慨：“莫说相公痴，更有痴似相公者！”

七月十五杭州人游湖赏月，张岱混杂其间。这时候，景退居其次，人比景更为有趣，在他眼中，有五类人“可看”：一类是峨冠盛筵的达官贵人，一类是左顾右盼的名媛闺秀，一类是浅斟低唱的名妓闲僧，一类是不衫不帻、呼五喝六的闲汉，一类是乘着小船喝茶聊天的文人雅士。

前四类人虽不懂附庸风雅，倒也蛮可爱，因为这才是真实的市井生活。

傍晚时分，这些人就散了。而张岱等人移舟靠岸，呼朋引伴，开怀畅饮，因为他们的游兴刚刚上来。

此时，月如铜镜新磨，山和湖仿佛是具有灵性的女子，特意为张岱等人整理了容妆，焕发了新颜，“韵友来，名妓至，杯箸安，竹肉发”，直到“东方将白，客方散去”。张岱等人还没离去，他们将船划到荷叶深处，酣睡在香气袭人的荷花之中，做一个惬意的清梦。如此超然洒脱，真似神仙中人。

还有一次是八月十六，张岱从镇江前往兖州，晚上二更时分，乘舟抵达金山寺。寺庙极为静谧，从树叶里漏下的月光，“疏疏如残雪”。这样的意境，张岱不想吟诗，不想喝酒，却心血来潮想听戏了。他在庙中的大殿张灯结火，叫小奴拿出演戏的道具，唱起戏来，一时锣鼓喧天，咿咿呀呀，吓坏了和尚们。和尚们看他们演戏，一时不知道是人是怪还是鬼，当然也不敢问。他们演完戏，天也快亮了，解开缆绳，划船过江。和尚们尚且惊魂未定。

张岱随心所欲，任情恣性，正如章诒和在《若生在明清，就只嫁张岱》中形容的：“哪里人声鼎沸，锣鼓喧天，哪里肯定有张岱；曲终人散，风冷月残，有人吹出一段悲箫，那听客肯定是张岱。”

别看张岱貌似文弱，性喜吟风弄月，但他也是个血性男儿，曾经也如辛弃疾一样，做出快意恩仇之举。

那一年，他四十九岁，大学士马士英决意降清，他在台州以布衣身份上书鲁王朱以海，称马士英是卖国第一罪臣，并主动请缨，要杀马士英，以谢天下。

朱以海同意之后，从未打过仗的张岱带了几百兵士追赶马士英。虽然最终没追上，但这种壮举足以令人敬佩。

张岱性情真，所以文字也讲求真。他自述，生平从来不拍死人马屁，就是说，别人请他写墓志铭，他是有一说一有二说二。这样，并不能达到死者家属的要求。所以，张岱一生，把自己的算在里面，才写了四篇墓志铭。其中，有一篇姚长子的。姚长子并非达官显贵，也不是读书人，只是绍兴一个大户人家的仆人。他在做农活时，用翻稻草的叉子与来犯的倭寇争斗，被擒，倭寇令他带路。他机智地将倭寇带入一个特殊地带，此地四面皆山，两面断桥，然后，他又偷偷地通知乡亲们，让乡亲们前来围歼倭寇。乡亲们关门打狗，杀得痛快，将一百三十个倭寇消灭干净。

后来，倭寇将姚长子残酷地杀害了，张岱在墓志铭中写道：

> ……仓促之际，救死不暇，乃欲全桑梓之乡；旌义之后，公道大著，乃不欲存盈尺之土。悲夫！

张岱，的确是一个丰富而美好的男人。明亡之后，五十岁的张岱携一子一仆隐居成山寺，落入生存窘境：

> 所存者，破床碎几，折鼎病琴，与残书数帙、缺砚一方而已。布衣疏莨，常至断炊。回首二十年前，真如隔世。

这是他《自为墓志铭》里的自述，他深深体会到，那些守节之士，许多是被活活饿死的。

披发入山的张岱，衣衫褴褛，常被人视为野人，他打算一死了之，遗书都写好了，然而史书《石匮记》未完稿，他打算效仿司马迁忍辱负重。

后来，张岱熬不住了，下山返回绍兴，居快园，继续写作《石匮记》。生活依旧艰难。在快园，他自述少时不识稼穑，现在连杵臼也不认识，年轻时从未舂过米，现在连舂数十下，“气喘不能吸”。

五六十岁了还要亲自担粪，搬运重物，他甚至将怨气撒到了两个小妾身上，他写诗说：

二妾老如猿，仅可操井臼。

呼米又呼柴，日作狮子吼。

此时两个小妾又老又丑，只能做些汲水、舂米的家务事，而且脾气不大好，整天围着柴米油盐转，一点浪漫也没有。

不知今天那些想嫁张岱的女子，见到张岱晚年“瓶粟屡罄，不能举火”，见到他贫病交加无比落魄之惨景，还会不会坚定了一颗嫁他的心？

张岱自己对这种由奢入俭的生活有反思，他认为这是一种报应。他在文章里罗列了七条“罹此果报”的异事：如今戴草帽穿草鞋是对过去戴簪穿履的报应，如今身披麻衣是对过去着皮衣轻缎的报应，如今以粗糠豆叶为粮是对过去吃肉食甘的报应，如今睡草垫枕石头是对过去睡软床的报应……

但这只是自嘲，并非忏悔。

张岱仿佛是《红楼梦》里贾宝玉的前世，“世人呼之为败子，为废物，为顽民，为钝秀才，为瞌睡汉，为死老魅”，但他从未痴迷过仕途经济，他想过的只是随心所欲、顺应自然的生活。

他写作《陶庵梦忆》和《西湖梦寻》，并非只为寻梦，并非仅仅是不愿接受冰凉的现实，留恋昔日的繁华与温柔，并非完全是以精神的虚幻维持生命的延续。他说那时多好啊，言下之意，还有对当下的不屑，清朝再好，我张岱也不搭理你！

铮铮铁骨陈洪绶

2004年，陈洪绶的《花鸟册页》以2860万元人民币成交，在截至此时的中国古代书画的全球拍卖纪录中排名第三，《执扇仕女》则以1430万元人民币位居第九。

陈洪绶，字章侯，生活在明末清初。对这位生前视钱财为粪土的大画家，今天用世俗的数字去标注他的巨大价值，也许是一种亵渎吧。

陈洪绶的真正魅力来自于他的铮铮铁骨。

一次，一位高官想诱骗陈洪绶作画，就约他到一只船上鉴定宋元书画。等陈洪绶一上船，高官就命人拿出绢素，强迫他作画。陈洪绶怒指高官大骂，并当场脱了上衣，准备跳河。高官一看要出人命，又考虑到此事传出后影响形象，就罢了手。后来此人又转托他人代求，陈洪绶仍是“一笔不施”。

对拿着钱物找上门打算攀结他的人，他常常只一句“我与子不相识”就将对方噎得半死，丝毫不给情面。而他只要高兴，随手将画赠予老卒寒士、村野匹夫等，则不收一文钱。

即使卖画，他也要求不高，“山人旦起涂一纸，得数斛米足矣”，不饿着画画就行！

晚年的他狂纵潦倒，生活清贫。他如果稍稍折折腰，也许会过上衣食无忧的生活。故交周亮工，是家乡诸暨原县主簿周文炜之子。早年两人谈诗论文，畅游山水，意气相投，许为笔墨之友。后来，周亮工降清，官至户部右侍郎，路过杭州，向他索画，陈洪绶不应。后经周亮工屡次请求，看在旧日的情分上，陈洪绶作《归去来兮图》，画陶渊明生平轶事，如种秫、解绶、归去来、乞食、滤酒等，劝周亮工以陶渊明为榜样不要为清廷服务。"解绶"中的陶渊明傲然前视，仪态轩昂，与俯首弯腰的接印小吏形成鲜明对比。

陈洪绶放诞绝尘，但他最欣赏的大诗人，并非豪放飘逸的李白，而是关注底层的杜甫。这种平民情怀在他的许多诗歌中都有反映，如他的《借米》：

家家借米拙言辞，深感家家屡借之。
开合凑来皆各种，桃花点缀雪翻匙。

此诗真实地再现了动乱年月老百姓衣食无着的窘境。

陈洪绶的同情绝不是口头上的，他尽最大的努力，以一己之技，帮助身边的穷人，如他的传世名作《水浒叶子》，就是他去世前一年为救济一个叫戴茂齐的寒士画的。有人粗略统计，受过他资助的贫苦之家，不下百家。

他身上更令人肃然起敬的是他忧国忧民的入世情怀，即早就超越了一己的功利得失，对整个国家、民族、社会的忧戚和担当。明王朝大厦倾倒，生灵涂炭，"妇

女与老弱，肝脑涂矛戟”的惨景让他痛心不已，却又无可奈何。1644年，李自成的军队攻入京城，崇祯皇帝在煤山上吊自杀，大明江山毁于一旦。消息传来，陈洪绶“时而吞声哭泣，时而纵酒狂呼，时而与游侠少年椎牛埋狗，见者咸指为狂士”。

1645年，清军南进，占领杭州，他逃到绍兴云门寺落发为僧，改号为“老迟”“悔迟”“悔僧”，无一例外都突出一个“悔”字。他在“悔”什么呢？悔不该几十年奔走功名吗？悔不该生在这个时代吗？悔不该来到这个世界吗？

也许都有，但后两者也不是他能选择的啊！

内心的煎熬让陈洪绶感觉生不如死，即使是当了和尚，也照样饮酒狎妓。这位明朝遗民，一直将大清视为“异国”，写诗称自己为“异国老夫”，他已经很难适应清朝统治下的生活。

陈洪绶五十四岁去世，孟远在《陈洪绶传》中记载了他生命中的最后时光：

> （洪绶）忽归故里，日与昔时交友流连不忍去。一日，趺坐床箦，瞑目欲逝，子妇环哭，急戒勿哭，恐动吾挂碍心。喃喃念佛号而卒。

虽然他并没有为前朝殉节，但他的气节仍是超拔的。

奇女子柳如是

柳如是，本姓柳，名杨爱，后改名柳隐，字如是。在平常人眼里，她只是中人之姿，然而才华出众，腹有诗书气自华，所以，她是真正的美人，气质美，心性美，精神世界灿烂夺目。

柳如是工于琴棋书画，书法险劲洒脱，临摹大书法家董其昌的字画，能以假乱真。故宫博物院收藏有她的《月堤烟柳图》，这是故宫博物院现藏的三百多件女性画作中的两件一级品之一。对她的诗文，明人评价甚高，称其诗“闲情淡致，风度天然，尽洗铅华，独标素质”。

柳如是从小就是抗金女英雄梁红玉的“粉丝”。每次读书，读到梁红玉擂鼓退敌一节时，她就叹赏、向往不已。明朝末年，时局动荡，柳如是在《赠友人》一诗中表达了报国效忠的豪情：“大羽插腰箭在手，功高跃马称精奇。”她还曾对文学家张溥说：

“如我身为男子，必当救亡图存，以身报国！”张溥称她为“奇女子”。

1638年，二十岁的柳如是结识了原礼部侍郎钱谦益。1640年，柳如是以方巾儒服与钱谦益再次相遇。后柳如是感其深情，嫁给了年过半百的钱谦益。夫妻相随，游山玩水，诗酒唱和。然而，这样的好日子没能持续多久，严峻的现实考验就来了。

1644年，李自成的农民军攻占北京，崇祯皇帝上吊，明朝灭亡。接下来，清军势如破竹，突破长江防线，直逼留都南京。

眼看南明王朝也保不住了，柳如是力劝钱谦益为国殉节。钱谦益一口答应。据说他含泪遍告亲朋故友，说他即将效仿屈原，投水自尽，然后带着家人来到了常熟的尚湖。

那天，柳如是神情坚定，只要丈夫钱谦益跃身跳入湖中做“屈原”，她就毫不犹豫地去做“屈原夫人”！

哪知道，钱谦益带着家人在湖边磨蹭了半天，不要说投水，就是鞋都没有打湿。柳如是在旁边不停地催促和鼓励：“你殉国来我殉夫，我们一起跳吧！”钱谦益终于弯下身来，伸手摸了摸湖水，来了一句：“水太凉，怎么办呢？”

柳如是一听这话，大失所望，想不到自己崇拜的所谓东林党领袖竟是这样一块软骨头！她欲奋身跳入湖中，却被人死死拉住。

几天之后，清军进入南京，钱谦益以南明礼部尚书的身份，出城跪在雨中迎降。

不久，钱谦益奉命赴京受职，无论他如何劝说，铁了心的柳如是就是不愿随同前往。在送行钱谦益之时，她特意穿了一身大红色衣服（大红代表“朱”），如一朵激情燃烧的玫瑰，为钱谦益照亮前行的路：别忘了啊，我们的朱明王朝！

秦淮八艳之中，柳如是的诗写得最好，文学水平最高，她喜欢以柳树、柳花入诗，结合她的身份，让人不禁联想到，她就是章台上的一株柳，看似柔弱，其实坚韧。在大明朝的废墟边缘，多少人像野草一样匍匐在地，只有她兀自迎风狂舞。

郑板桥当官

清代大画家郑板桥在扬州以卖画为生时，曾定过这样的卖画润格：

> 大幅六两，中幅四两，小幅二两，条幅对联一两，扇子斗方五钱。凡送礼物食物，总不如白银为妙；公之所送，未必弟之所好也。送现银则中心喜乐，书画皆佳。礼物既属纠缠，赊欠尤为赖账。年老体倦，亦不能陪诸君子作无益语言也。

这则“润格启事”显出他的坦荡心胸，全无半点“自古文人不言利”的伪君子气，有的只是幽默率真的不羁洒脱，但从另一个方面来说，郑板桥也怕穷。

出仕之前，郑板桥就过怕了穷日子。

他父亲是一位穷困的私塾教师，他自己四岁丧母，二十三岁娶妻生子。二十六岁时无奈地走了父亲的老路，然而只持续了三年时间，他就辞馆回家了。这时他已有两女一子，可以想见其捉襟见肘的艰难生活。后来流落扬州时，在生活的重压下，他甚至拉下脸皮向诗友兼富商马秋玉求助。马秋玉也很慷慨，给他二百两银票。妻子病逝后，他续娶饶氏，还是江西名士程羽宸赞助的一千两银子。

想必郑板桥落魄时常常被富人白眼相加，所以他这一生对有钱人十分反感。

郑板桥在山东潍县当县令的时候，大堂上常常会发生这样富有戏剧性的一幕：当那些用钱买来秀才功名的监生有事上报时，他竟眼睛一闭破口大骂："驼钱骡，有何陈乞？"他有时甚至令衙役脱下那些人的帽子用脚踩，或揪住头发往脸上涂墨，再将他们赶出去，极尽人格污辱之能事。一时富人忌惮，穷人欢呼。

"驼钱骡"这句骂人话，不知是不是郑板桥发明的，"驼着钱的畜生"，形象、恶毒、简洁，只有文人想得出。而更偏激的是，他平日判决官司，也是以贫富作为重要标准，穷人和富人打官司，富人肯定败诉。

客观地说，郑板桥这种办公方式毫无公正可言。正是早年的穷困与怀才不遇使他走上这一极端。

虽然有几个富人给过他资助，但对于整个富人群体，他是憎恶的。从这个角度说，郑板桥确实一点都不糊涂，他是个报复心强的人，"宰"起富人来毫不含糊。

当时江西有位张真人，受过皇帝召见，扬州的富商争相讨好他，请郑板桥写对联送给张真人。由于张真人所要的对联尺幅甚大，郑板桥索价一千两，富商讨价还价为五百两。哪知他写了"龙虎山中真宰相"的上联后就不肯写下联了，还刻薄道："原索一千金，君应五百金，所以只书上联一页。"富商只好凑齐银子，他才写了"麒麟阁上活神仙"的下联。

对于贫苦百姓，郑板桥却乐意慷慨解囊。徐珂的《清稗类钞》中记载，郑板桥在潍县做官时，"尝作一大布囊，凡钱帛食物皆置其中，随取随用。或遇故人子弟及同里贫善之家，则倾与之"。

郑板桥的官到底当得怎样？上司对他肯定是不满意的。"板桥性疏放不羁，以进士选范县令，日事诗酒；及调潍县，又如故，为上官所斥。"

这是蒋宝龄《墨林今话》中的一段文字，在上司眼里，郑板桥沉湎诗酒，完全是一副不务正业的样子。

而在百姓心中，郑板桥体恤爱民堪称楷模。例如为了不惊扰百姓，他出巡时不打“回避”与“肃静” 的牌子，微服访贫；遇到穷困学子，他还自掏腰包提供赞助。

有一年，黄河发大水，潍县发生大饥荒，到了人吃人的地步。郑板桥冒着被上司处罚的风险擅自将官仓打开，连邻县的灾民也一起救济，还强令富人轮流煮粥，供灾民食用。秋季，百姓们无法归还粮食，他干脆让人把债券烧了。这段时间，他写了《孤儿行》《逃荒行》《还家行》记其事，并刻了一方名为“恨不得填满普天饥债”的图章，很有点杜甫“安得广厦千万间”的味道。

所以，郑板桥离任之时，百姓恋恋不舍，“遮道挽留”，家家为他画像，并自发在潍城海岛寺为他建立了生祠。

吴敬梓受挫成大器

文人受困遭厄才写得出好作品，“诗穷而后工”，似乎已成定论。

吴敬梓也算是“穷”之后才写出《儒林外史》的。但他和别人不一样，他的“穷”是主动为之，很有些“败家”的味道。

吴敬梓，字敏轩，又字文木，出身于安徽全椒一官宦之家，从其曾祖父开始，五十年的“家门鼎盛”之中，出过一名榜眼、一名探花、五名进士，且都在朝廷任有实职。可见当时吴家之兴旺。

吴敬梓自幼过继给他的堂伯吴霖起，偌大一份家业，到吴霖起时，已经开始衰败。吴敬梓十八岁中秀才，他的生父吴雯延去世，次年他的嗣父吴霖起去世。即便这样，传到他手里也还有接近三万两银子的家产。三万两不是个小数目。清朝时一品官的年薪也只有一百八十两银子，按现在的物价折算，三万两银子大约相当于今天的八百万元人民币。

这么一大笔财产，如果吴敬梓想买个厅级干部的官做，也是足够的，在他生活的“乾隆盛世”，捐一个道台，明码标价，要一万三千多两银子。

性格狂狷的吴敬梓当然不会买官做，他也不会去做生意，让钱增值。数目如此可观的家产，足以让他衣食无忧的。但他后来竟落魄到万金散尽、穷饿潦倒的状况。

他的好友程晋芳在《文木先生传》中曾描述其惨状，说他从安徽移居金陵后，常卖书换米，有时竟两日不食，靠人周济才不至于饿死。

而对于无钱买酒置衣御寒，吴敬梓则另有妙法。他会邀请意气相投的好友五六人，在月夜从南京城南门出发，绕城墙行走，一路上歌吟和诗，走几十里路，到达水西门，天亮后众人大笑而散。长距离行走能加快血液循环，让身体暖和起来，吴敬梓幽默地称之为“暖足”。

近三万两银子的家产，怎么就散了个一干二净呢？

胡适先生非常推崇他的这位老乡，他曾说：“我们安徽第一个大文豪，不是方苞，不是刘大櫆，也不是姚鼐，是全椒吴敬梓。”他认为，吴敬梓的家产被他在秦淮河送给了歌女。

但是吴敬梓的钱绝不是全部用于寻花问柳之上，因为他的性格中有一种负气使性的成分。他的家产很大一部分是被他赌气散掉的。

原来，吴敬梓的嗣父死后，族人欺负他这一房势单力薄，要分财产，“兄弟参商，宗族诟谇”。于是，他痛下决心：“家财与其给那些族人夺去，不如自己痛快地花掉。”他在青楼伴红依翠，往返于家乡与南京之间，旅费都是一大笔开销。另外，对于向他求助的人，他慷慨解囊，随意施舍，后来索性连田产和房产也卖了，奴仆们各自逃散。他成了当地最不受欢迎的人，有时候去拜访别人，不是得不到通报，就是主人当着他的面打仆人，变相给他脸色看。

家道中落者最能体会世态炎凉，吴敬梓在诗里记述了这种不愉快的经历：

花霏白板桥，昔人送归妾。

水照倾城面，柳舒含笑靥。

邀笛久沉埋，麈扇空浩劫。
世间重美人，古渡存桃叶。

对于他的败家行为，他在诗中还写道：“长老苦口讥喃喃。”长老们劝他要学好。他的表现是：“叉手谢长老，两眉如戟声如虎。”他扬起眉毛声如虎吼，我挥霍我的家产，关你们什么事？对于舆论的压力，他不但不退缩，还有点对着干的意思。

这种负气使性的性格，也主导了他在科举考试上的命运。

曾经热衷科举考试的吴敬梓，十八岁那年中秀才后，几次参加科举考试，都以落第收场。十年后，他从家乡全椒来到滁州参加乡试的预备考试，当时的考官是安徽学使李凤翥。长期郁郁不得志的吴敬梓在考前访朋问友，对不平世事、官僚士绅颇有牢骚和讥评。殊不知，这又为他多舛的命运埋下了伏笔。

清统治者规定，士子不得随便发表议论。清顺治时就规定：“军民一切利病，不许生员上书陈言。”吴敬梓的偏激言论很快就被人举报到李凤翥那里，并到处传扬。

为了消除考官大人对自己的恶劣印象，心高气傲的吴敬梓在朋友的劝告下，去求见李凤翥。为了表示诚意，吴敬梓竟匍匐在地，向对方行跪拜之礼，乞求原谅，并希望对方能摒弃谗言，按才情予以录取。哪知这位学使大人非但没有谅解他，反而板起面孔教训了他一顿，让他感到万分羞辱。

令吴敬梓没有想到的是，等考试结果出来后，李凤翥却授予他第一名的成绩。

朋友们闻讯后，都来为吴敬梓庆功。考官翻手为云、覆手为雨的作风却令他百感交集。在《儒林外史》中，范进得知自己中举后，麻木已久的心灵经受不住突如其来的刺激，喜极而疯。这种戏剧化的人生经历不排除有吴敬梓的影子。

但这次考试只是乡试的预考，只是一次“摸底考试”。

不久，李凤翥回京复命，新来的学使王兰生到任。吴敬梓的“乖僻”言行，王兰生是早有耳闻的。所以王兰生未见其人，就对其人有了成见。王兰生的评语对吴敬梓极为不利。于是吴敬梓在这次乡试中落榜了。

与前几次不同，这次考试落第对吴敬梓的打击相当沉重。他原先向李凤翥求情时，李凤翥将他呵斥一顿，他完全无望了，李凤翥却授予了他第一名的成绩。他本以为在预考中拿到了第一，接下来的乡试应该是志在必得的，哪知却名落孙山。这就好比一个人被判了死刑，拉去刑场正法；忽然又宣布他没罪，将他放了；在他异常惊喜之际，又突然宣布他有罪，再次将他拉上刑场。一向以才情自负的他，对当权者这种猫戏老鼠的游戏十分反感。正是从这时候起，他对科举考试渐渐地断了念想。

任性使气的吴敬梓，不再相信当权者公平选拔人才的鬼话，所以他移居南京后，就以创作《儒林外史》来浇心中之块垒。

风情

风情是一种情调，是一种韵致。历史的另一面，其实由懂风情的女人和有风度的男人组成，将风情拿捏到位、敛放得当的女人，将风度演绎成一种格调、一种涵养的男人，都值得珍视。

山涛妻的识人之明

在“竹林七贤”中，山涛年纪最大，官职也最高。

山涛曾推荐嵇康去当官。嵇康却写了一篇《与山巨源绝交书》，说山涛让他做官，就是让他拿上屠刀，沾一身腥臊气，说山涛如果不是和他有深仇大恨，是不会来逼他去做官的。

嵇康写这封信，除了公开地与山涛划清界限，还意在表明，山涛是一个居心叵测之人。不管这封信是嵇康为了保护山涛使的“障眼法”，还是他对当时社会借题发挥的沉痛控诉，写这封信的结果是，山涛大大地出名了。

当然，这封信给山涛带来的负面效应也是显而易见的，那就是人们很容易将山涛与嵇康进行对比：嵇康最大的乐趣就是守在陋巷之中，浊酒一杯，弹琴一曲，多有骨气！而山涛为了升斗之禄，汲汲于官场名利，蝇营狗苟，又是何等悲哀！

这就大大误解了山涛。

山涛很小的时候，父亲山曜就去世了。《晋书》载：“涛早孤，居贫，少有器量，介然不群。”所以，山涛出仕，是出于一个男人的责任感，他没有嵇康打铁的手艺，他要养家糊口，就得当官。当官可以使衣食无忧，打铁可以换来柴米油盐，从这个角度来看，当官和打铁其实没有什么不同。

山涛的妻子姓韩，和山涛的感情一直非常好。山涛做官之前，家徒四壁。但韩氏从来没有怨言，她默默地帮助山涛分担生活重负，很多本该由男人去做的粗活、重活都由她去做。

所以，有一天，山涛看着劳累的韩氏，怜惜对她说："娘子啊，现在的饥寒你暂且忍一忍，我日后定当位列三公，只是不知道到时候娘子你是否做得来夫人哩！"

"三公"是古代朝廷中最尊显的三个官职的合称。山涛的话语温暖而俏皮，这样一位既有远大志向又有生活情趣的男人，不由得韩氏不爱。

韩氏的爱很有点爱屋及乌的味道，对于丈夫交往的朋友，她也十分感兴趣。

《世说新语·贤媛》里记载，山涛和嵇康、阮籍一见面，就情投意合，好得像一个人。韩氏觉得山涛和这两位的交往超出了寻常的友谊，于是问他怎么回事，山涛就说："眼下能做我朋友的，就只有这么两位了！"

这句话更激起韩氏的好奇心。她对丈夫说："从前僖负羁的妻子亲自观察过狐偃、赵衰，我也想看看你的朋友，可以吗？"

春秋时，晋公子重耳流亡到曹国，曹国的国君对重耳不礼貌，曹国大夫僖负羁的妻子就观察重耳身边的狐偃、赵衰，发现他们气宇非凡。僖负羁的妻子得出结论：重耳的随从都是可以担任相国的人才，重耳将来一定能够回国，并称霸诸侯。那时，对他无礼的，必然要倒霉，曹国恐怕要首先遭殃。听了夫人的话，僖负羁就派人送了一盒精美的饭食给重耳，他还用心良苦地在饭里放了一块玉璧。重耳感激不已，接受了饭食而退还了玉璧。

韩氏拿自己和僖负羁的妻子相比，看来对自己识人的智慧相当自信。

有一天，嵇康和阮籍又来了，韩氏生怕观察的时间不够充裕，生怕观察得不够仔细，就劝山涛将两个人留宿一晚，并给他们准备了好酒好肉。当夜，韩氏"夜穿墉以视之，达旦忘反"。墉，就是土墙，为了"偷窥"，韩氏表现出罕见的狂热，不但把自己家的墙凿穿了，还一直看到了天亮时分。

韩氏看了一个晚上，除了看，应该还有听。嵇康和阮籍都是超尘脱俗、放荡不羁之人，二人学识深厚，志趣相投，互为知己，他们喝酒聊天，除了风度迷人，思想的火花碰撞出充满智慧的语言，也能让韩氏听得如痴如醉。

不知韩氏趴在土洞前边看边听，想不想立刻化为一个男子，跑进去和他们拼酒胡侃？

后来，当山涛问起韩氏的观感时，韩氏心直口快，也不在乎丈夫的感受。她坦率地对他说：“君才致殊不如，正当以识度相友耳！”你呀，你呀，才智、情趣比他们差远了！以你的见识与气度和他们交朋友，还差不多！

山涛大约有点吃醋，听到后半句话总算找到一点自尊，就说：“是啊，是啊，他们也总认为我的气度胜过他们啊！”

看来，韩氏的眼光还是很准的。

韩氏拿自己的丈夫与嵇康、阮籍对比，说“君才致殊不如”，可见韩氏看一个男人，首先还是看他的才华、情趣，外貌摆在次要的位置。要知道，她所“偷窥”的嵇康可是一位玉树临风的美男子啊，可是韩氏对于嵇康的长相一点也没有评说。

山涛是一个非常有分寸的人，他当了大官之后，没有一阔脸就变，既清廉又节约，不受贿赂不说，还将薪水“散于邻里”，时人谓其“璞玉浑金”，说他是完美的人哪，这个评价很高。他每次喝酒也都是到量为止，从不喝醉。

在那个男人妻妾成群的年代，男人娶妾如同买衣服，而做了高官的山涛对结发妻子韩氏痴情不减，不离不弃。这正是“红尘中百媚千红，我只爱你那一朵”。

杜甫与老妻

杜甫留传后世的约1500首诗歌，诗艺精湛，影响深远。他被后世尊称为“诗圣”，近代的梁启超却称他为“情圣”。

不说他的忧国忧民之情，只说他一生对妻子的忠贞不渝之情，“情圣”两字，他受之无愧。在历代诗人当中，他诗中“妻”字出现的频率几乎是最高的，出现“老妻”“瘦妻”“妻孥”的地方有二十多处。这和杜甫一生不娶小老婆一样，非常难得。

一般文人受儒家思想的影响，觉得太看重老婆是件没面子的事，即使心底里特别疼老婆，也不会直接写到诗里面去。

安史之乱爆发，杜甫把妻儿安顿到鄜州之后，自己去投奔唐肃宗，被叛军俘获。他是那样思念妻儿，写下一首《月夜》：

今夜鄜州月，闺中只独看。
遥怜小儿女，未解忆长安。
香雾云鬟湿，清辉玉臂寒。
何时倚虚幌，双照泪痕干？

这是杜甫写给妻子的情诗。不说自己思念妻子，而说妻子思念自己，满脸泪痕如梨花带雨，月下寒气侵人也不肯就寝。

“香雾云鬟湿，清辉玉臂寒。”雾为什么是香的？因为美人把雾熏香了。云鬟与玉臂，更给人惊艳的想象，须知那时候诗人已经四十五岁，妻子已经三十五岁，早已是几个孩子的母亲，且常常食不果腹，憔悴消瘦。杨氏人到中年，但在杜甫眼中仍美丽如初。最重要的是，杜甫一生对杨氏一往情深。

因为应酬的关系，杜甫也有机会接触那些才貌出众的歌女，但是他对与歌女打情骂俏的生活不感兴趣。有人被美色所迷，看歌舞看得很晚了还不想回家，他就出来“多管闲事”地规劝：“人生欢会岂有极，无使霜露沾人衣。”

还有一回，他陪官员李某泛江游玩，有歌女在船上，李某留恋歌女。他劝诫李某：“使君自有妇，莫学野鸳鸯。”

不过，也有人认为杜甫还是比较“好色”的，郭沫若先生就不无讥讽地说杜甫不总是那么道貌岸然，证据是吴越女子肤色之白，让杜甫念念难忘，写下了“越女天下白，镜湖五月凉”这样的诗句；还有人举出杜甫《携妓纳凉晚际遇雨》一诗：“雨来沾席上，风急打船头。越女红裙湿，燕姬翠黛愁。缆侵堤柳系，幔宛浪花浮。归路翻萧飒，陂塘五月秋。”由此得出，这“圣人”也毕竟是食人间烟火的。

其实，说越女肤白也好，携妓纳凉也罢，都是杜甫回忆年轻时的游历见闻。

759年，关中大旱，杜甫辞去华州（今陕西华县）司功参军，携家带口开始了十多年的漫游生涯，用王安石的话说，

是“饿走半九州”，饿着肚子走遍了半个中国。

辞官之后，杜甫的生活更穷困了。后来，杜甫一家流落到成都，借住在浣花溪旁的一座古寺里。杜甫写诗记载了当时的困窘：

入门依旧四壁空，老妻睹我颜色同。
痴儿不知父子礼，叫怒索饭啼门东。

家徒四壁，这四壁还是别人的，因为是借住的。家里已经揭不开锅了，杜甫和妻子杨氏一样忧心忡忡，只有那小儿子饿得实在受不了了，顾不得父子之礼，吼叫着要当父亲的他去找人讨饭。

一个大男人落到这地步，能不难受吗？可敬的是妻子杨氏百忧交集，却十分体谅他，让他心疼。

接下来，杜甫的日子好过了些，节度使严武欣赏他的诗才，聘他入幕府当参谋，后来还为他向朝廷申请了一个官职，即检校工部员外郎，所以人们又称他“杜工部”。

朋友尹裴冕、表弟王十五司马等人为他筹集经费，在浣花溪上游建了几间茅屋，这就是现在的杜甫草堂。虽然是几间草房，但他很满足。有了房子，还差家具，听说友人韦班家有不少白瓷碗，他写信去讨要：“君家白碗胜霜雪，急送茅斋也可怜。”

此时杜甫年过半百，杨氏四十多岁，两人结婚已经二十多年了。这二十多年里，聚少离多，杨氏抚育众多儿女，含辛茹苦，遭了不少罪，生活将她磨砺得有些粗糙了。她早就忘记自己出身于书香门第，也会琴棋书画呢。

现在，吃住有亲朋好友接济，一家人其乐融融。杨氏忽然想起好多年都没有摸黑白棋子了，于是来了兴致，“老妻画纸为棋局，稚子敲针作钓钩”。老妻正在用纸画一张棋盘，要与“我”对弈一番，稚子天真无邪，在一旁自由玩耍。这样的日子，还有什么可指摘的呢？夫妻二人似乎回到了往日的青春时光。

除了下棋，杨氏还和杜甫一起划船，小儿子则在江边嬉水：“昼引老妻乘小艇，晴看稚子浴清江。”暂离硝烟，岁月静好，这样弥漫人间情味的平凡幸福，实在难得。

这一时期，杨氏以四十多岁的高龄又生了最小的女儿。杜甫后来两进衡州，写诗提到过：“远归儿侧侍，犹乳女在旁。”

765 年，严武患病死于成都，杜甫写诗深切悼念严武，并把严武比作颜回、诸葛亮。一个月后，杜甫携妻儿乘船东下，离开成都，到了夔州。

五十九岁那年，杜甫本打算到郴州投奔族舅崔伟，路经耒阳，被洪水所困，饿了五天。当地县令用小船将他救出，用牛肉与酒招待他。难得吃一顿饱饭的他，放开肚子大吃，结果饱胀而死。郭沫若则认为是“天热肉腐”，是食物中毒要了他的命。

可叹杨氏，一个风华绝代的佳人，十九岁嫁给杜甫，没有过上几天舒心日子，然而她无怨无悔，不离不弃，陪杜甫走完坷坎一生。她的贤德与关爱，给了杜甫莫大的慰藉，成为他穷愁生涯中最后一抹亮色。

此情可待成追忆

李商隐的诗歌有着经久不衰的魅力，即使隔了千年，也是那般撩人心弦。他的爱情诗写得极美极扑朔迷离，从这一点上说，他称得上是朦胧诗的鼻祖。

比如说，他和谁“心有灵犀”？他和谁“相见时难别亦难”？他和谁“此情可待成追忆”？越扑朔迷离，人们解读的兴趣似乎越浓。

李商隐能写出这么好的情诗，除了天分与个性，离不开他坎坷的人生经历。

中唐重要政治人物令狐楚相当赏识李商隐的才华，829 年至 837 年，一直聘用李商隐当幕僚。但令狐楚从来没有把他当幕僚使唤，而是把他当儿子看，教他写骈文，让他与自己的儿子们交往，资助他进京参加考试，等等。

李商隐一连四次考进士，都名落孙山。后来，主考官高锴问令狐楚的儿子令狐绹：“谁和你关系最好？”令狐绹接连说了三次“李商隐”。于是这一年，李商隐考中了。

令狐家对李商隐有恩，在外人看来，这恩比海还深。也就是在李商隐考中进士这一年，令狐楚病死了。谁都没有想到，李商隐很快做了王茂元的幕僚，更让人没有想到的是，他还做了王家的女婿，而王茂元是令狐家政治上的死对头。

李商隐曾对令狐绹说："一日相从，百年见肺肝。"什么"百年"？父亲尸骨还未寒呢，你就投靠了敌人的阵营！令狐绹被气晕了。

后来，令狐绹平步青云，官至宰相。李商隐却始终郁郁不得志，令狐绹不止一次暗中出手打压李商隐。

姑且不论令狐绹用恩情绑架李商隐对不对，单说李商隐跑到王茂元那里去，原本也没错。因为在他成为王茂元的女婿之前，他早就看上了王家的小女儿。

当时，和李商隐一同中进士的一个人，名叫韩瞻。这韩瞻中了进士，也走了桃花运，声名显赫的征西将军王茂元将女儿嫁给了韩瞻，还在长安为他起了新屋。

李商隐艳羡的不是他的大宅子，而是他娶了大美人。李商隐写了一首诗给韩瞻，酸溜溜地说我的名次在你韩瞻的前面，而娶老婆，你反而跑到我前面去了。

也许就是在韩瞻娶亲的时候，李商隐见到了王茂元的小女儿。那惊鸿一瞥，让他惊为天人。从那一眼开始，他就爱上了她，不能自拔，开始了深情的浪漫追随。

在《寄恼韩同年二首（其二）》中，他透露了自己思慕王家小女儿的苦闷："我为伤春心自醉，不劳君劝石榴花。"我早就沉醉在伤春的苦闷中了，何劳你来劝我要及时行乐啊？李商隐找到了王茂元的另一个女婿（娶王茂元前妻所出之女），让他牵线搭桥。这人排行第十，在御林军任职，人称"李十将军"。

李商隐去找李十将军，将军带着全家去游曲江了，李商隐写了两首诗，其中一首是：

家近红蕖曲水滨，全家罗袜起秋尘。
莫将越客千丝网，网得西施别赠人。

李十将军啊，你家的女子就像洛神般凌波微步，罗袜生尘。希望你不要把网到的美人鱼赠给他人啊。情人眼里出“西施”，这“西施”自然是王家的小女儿了。李十将军极为欣赏李商隐的才华，当然乐意撮合。

王茂元又得了一位进士女婿，不过这回没有为女婿在长安起新屋。李商隐与王氏结婚后，借住在李十将军曲江池畔的南园旧宅里。

后人评价李商隐做了王茂元的女婿，因此断送了仕途，是做了此生最大的一件蠢事。这样的看法太势利。

李商隐为了爱情，被卷入党争旋涡，他一生的仕途都受累于此，但他后悔过吗？至少，在他的诗中找不到半点痕迹。相反，对于妻子王氏，他深怀愧疚。王氏离世，他三十九岁，八年后，他在家乡病故。

李商隐写诗说：“先知风起月含晕，尚自露寒花未开。”就是说王氏临终之前，诗人已看出不祥的征兆，并透露出与王氏结婚后，诗人一直穷愁潦倒，生计艰辛，从未使她眉目舒展过一天。为了生活，诗人还不得不四处奔波，与王氏结婚十二年，聚少离多。但王氏一直任劳任怨，默默支持着他，支撑着这个家。

王氏去世的这年冬天，他应东川节度使柳仲郢之邀，从军东川，遇到大雪，这才伤感地想到再也没有人给自己寄寒衣了。王氏活着的时候，她的爱与温柔，自己并没有很好地珍惜，如今阴阳两隔，才痛彻肺腑地明白：“此情可待成追忆，只是当时已惘然。”

后来，柳仲郢看他形单影只，就想把一位叫张懿仙的歌伎送给他。当时李商隐正值中年，丧妻已一年有余，续弦似在情理之中。然而李商隐依然沉浸于亡妻的哀恸中，他不好直接拒绝上司的好意，写了一封情真意切的信给上司，这就是《上河东公启》。在信中，他写道：“至于南国妖姬，从台妙妓，虽有涉于篇什，实不接于风流。”表白自己虽有香艳之作，其实不喜风流。

一直到死，李商隐都没有续娶，王氏成了他余生永恒的眷恋。

李商隐难道说的都是大实话吗？和那些歌伎难道真的只限于精神交流？这个现在已经无法考证。连大诗人白居易都愿意转世投胎做他的儿子，可以肯定的是，爱慕李商隐的女子不会少。

除了妻子王氏，从李商隐的诗中可以看出，他早年至少还爱过两个女子。其中一个是柳枝，洛阳一位富商的女儿。

据李商隐自己交代，柳枝十七岁，不擅女红，更不会化妆，经常连头发都不梳，可谓“天然去雕饰”。柳枝喜欢唱歌，因为她父亲经商时遇难于海上，所以她唱的都是天涛海风之曲，曲调悲怨。

李商隐的堂兄李让山和柳枝是邻居。有一天，李让山朗诵了一首诗，柳枝惊问：“谁能有此？谁能为是？”李让山说：“是我堂弟李义山写的啊！”柳枝立刻手断衣带，请李让山带话给李商隐，向他求诗。

知音啊！第二天，李商隐就和堂兄去找柳枝，柳枝双臂交错立于门下，指着李商隐说：“你就是诗的作者吗？三天后有个除灾求福的节日，我焚一炉香等你啊！”

唐朝人很开放，柳枝也很爽利，从素不相识到约会就是这么高效率。

李商隐愉快地答应了柳枝的邀请，但他的一位朋友这时来了个恶作剧，把他的行李偷走了，他就追着这个朋友到了京城，失了柳枝的约。

冬天，李让山也到了京城。李商隐问起柳枝。李让山说，她已被人娶走了。

与一个好女子失之交臂，李商隐感伤不已，作《柳枝五首》题于柳枝的旧居之上。

在《月夜重寄宋华阳姊妹》《赠华阳宋真人兼寄清都刘先生》等诗中，李商隐提到了宋华阳。

宋华阳是穆宗的女儿义昌公主的侍婢。义昌公主入山修道，婢女别无选择，自然成了道姑。因她在华阳观出家，故而名之。

李商隐这时正在河南玉阳山一带隐居学道。

李商隐与宋华阳不知是怎么相识的，反正李商隐对这位青春靓丽的道姑一见倾心。

山路蜿蜒，一辆七香车慢慢驰来，帷帘掀开，一个年轻女子探出头来，对他嫣然一笑，“春风自共何人笑，枉破阳城十万家”。这么美的女子，不要说自己了，阳城十万人家都会被她俘虏吧！

唐朝再怎么开放，女道士还是不能公然谈情说爱的，所以李商隐说“相见时难别亦难”。双双坠入情网的青年男女，每一次约会都是那么甜蜜，又是那么绝望。“春蚕到死丝方尽，蜡炬成灰泪始干”，这是何等痴情与悲伤。

两个相爱的人，最终不能在一起，老天总是这样捉弄人。世俗的限制，终令李商隐与宋华阳成为陌路。

有人猜想是公主发现了两人的书信，有人说是宋华阳怀了身孕，最后，宋华阳被遣送回宫，李商隐被逐下山。

李商隐这一生，仕途极为黯淡，爱情也很不顺，婚姻也很短命，所写的诗却是那般绮丽华美，绵邈深情，这是不幸中的万幸！

嫁得才子胜帝王

朝云，字子霞，钱塘人。因家境贫寒，自幼沦落于歌舞班中。

三十六岁那年，苏轼因反对王安石的新法，被贬到杭州任通判。一天，他与几位朋友游西湖，宴饮时，遇到了朝云。

在一群歌女中，朝云特别突出，她虽只有十二岁，但天生丽质，且十分机敏聪慧，琵琶、歌舞、茶艺样样精通，无论是化浓妆，还是着淡妆，都有一种独特的味道。

在山色空蒙的西湖，朝云触发了苏轼的写作灵感，他大笔一挥，写下了千古名句："欲把西湖比西子，淡妆浓抹总相宜。"明写西湖风光，暗地里却写了自己初遇朝云时怦然心动的感受。所以，当时他就提出为朝云赎身。

现在有人指责苏轼娶幼女为妻，将他排入好色文人之列。但在宋代，女子十四岁就可以出嫁，苏轼将她赎回家中，并不是马上就和她成婚，而是把他当作侍女看待，直到苏轼贬到黄州，才将她纳为小妾。那时，苏轼四十岁，朝云十六岁。

苏轼曾赞朝云"敏而好义"。朝云天姿聪颖，天性温婉灵动，善解人意，她身上似乎具有一种与苏轼合拍的潜质。在苏轼的感染下，她积极修行佛道，在惠州，她弄来中草药和瓶瓶罐罐，像做化学实验一样，学葛洪炼丹。她还与苏轼建了一个放生池，买鱼放生，积德行善。

苏轼为朝云写诗道："经卷药炉新活计，舞衫歌扇旧因缘。"这句诗在不经意间透露了朝云的生活经历，读书和炼丹对朝云是全新的"职业"，她的老行当是"歌舞演员"，舞扇招香是她的强项。

原来，朝云最初不识字，自从跟随了苏轼，才跟着他读书识字。

除了志趣相投之外，更重要的是，朝云是最懂苏轼的女人，她最懂得他的委屈与忧伤，最理解他的无奈与超然。

下面这个广为人知的故事，突出的就是朝云与苏轼令人艳羡的心有灵犀：

> 东坡一日退朝，食罢。扪腹徐行，顾谓侍儿曰："汝辈且道是中有何物？"一婢遽曰："都是文章。"坡不以为然。又一人曰："满腹都是见识。"坡亦未以为当。至朝云，乃曰："学士一肚皮不合时宜。"坡捧腹大笑。

所以，后来朝云去世后，苏轼将她葬在惠州的一片松林之中，在墓边筑六如亭以纪念，撰写的楹联就是：

> 不合时宜，惟有朝云能识我；独弹古调，每逢暮雨倍思卿。

另外，在识人处世之上，两人不谋而合。比如有一位叫黄寔的官员，受到别人的嫉恨排挤，苏轼写诗为他打抱不平："白首沉下吏，绿衣有公言。"这里的"绿衣"就是朝云，朝云的公道话正是苏轼想说的。

苏轼对人往往有独到的评价。曾经有一豪士，请苏轼喝酒。豪士将自己最宠爱的侍姬叫出来，为苏轼唱歌跳舞。歌舞毕，豪士向苏轼求诗，苏轼看那侍姬，容颜虽可，但"躯干甚伟"，就调侃道："舞袖翩跹，影摇千尺龙蛇动。歌喉宛转，声撼半天风雨寒。”那位侍姬又羞又恼，尴尬地退下了。

朝云有多美？据苏轼自己交代，朝云最喜欢穿蓝色的衣服。可以想象，在夏天，衣服的蓝色衬着如玉的肌肤，也别有一种妩媚风情。

在苏轼眼里，朝云极美，他曾写了一首《浣溪沙·端午》：

> 轻汗微微透碧纨，明朝端午浴芳兰。流香涨腻满晴川。
> 彩线轻缠红玉臂，小符斜挂绿云鬟。佳人相见一千年。

而朝云对苏轼的爱也是无人能比拟的。苏轼曾自述：“余家有数妾，四五年（间），相继辞去，独朝云者随余南迁。”

苏轼多次被贬，以前被贬的时候，有几个小妾还能勉强跟随，但这次是贬往南蛮之地的惠州，续娶的王夫人已逝，除了朝云如影随形、不离不弃之外，其他的都风流云散。一个仕途无望的男人，一个年近花甲的男人，一个穷得只剩下诗和词的男人，能有什么理由，让风姿绰约的女子陪伴始终？

当时，苏轼也担心朝云适应不了岭南的恶劣气候，劝她离开自己。朝云听了这话之后，非常生气，认为这是污辱她，拒绝离开。如此好义、重情的女子实在不多。所谓爱情，执子之手是一种境界，相濡以沫是一种境界，生死相许也是一种境界。最后一种境界是最难的。

朝云陪苏轼走过人生的最高峰，也义无反顾地陪他走过人生的最低谷。苏轼非常感动，他写了一首《朝云诗并引》，拿朝云和白居易小妾樊素相比，说朝云比樊素（白居易与小妾樊素情谊深厚，樊素最后却离开了他）重情重义多了，还将朝云比作菩萨般的天女。

朝云为苏轼生过一子，小名“干儿”，但未过一年，干儿在金陵天折了。在朝云生此子之前，苏轼已有三个儿子。干儿之死对苏轼打击沉重，使他“老泪如泻水”，他颇多自责，觉得是自己连累了干儿。

干儿之死对朝云更是致命的，苏轼在诗里记述了朝云的丧子之痛：

我泪犹可拭，日远当日忘。
母哭不可闻，欲与汝俱亡。
故衣尚悬架，涨乳已流床。
感此欲忘生，一卧终日僵。

也许是因为伤心过度，对身体摧残太大，从此之后，朝云再无生育，开始学佛参禅。经历了人生至痛的朝云，是对人生看得淡然超脱了，还是以此来慰藉丧子之痛呢？

在惠州，朝云吃了不少苦，既要操持家务，又要伺候苏轼，再加上她在山清水秀的杭州长大，到底是适应不了岭南闷热的气候，不久感染上了瘟疫，终日吃药，简直成了药罐子。

据笔记小说称，朝云在惠州时误将蛇肉当海鲜食用，等知道所食乃蛇肉时，顿觉恶心，呕吐不止，从此一病不起，死时年仅三十四岁。这一年，苏轼六十一岁。他从此鳏居，一直没有再娶。

朝云死后，苏轼为她写了墓志铭，还写了《西江月·梅花》《雨中花慢》等诗词。《雨中花慢》的最后一句是：“算应负你，枕前珠泪，万点千行。”爱得越深，忏悔得越深。苏轼觉得对不起朝云，可能缘于自己最终没给她一个名分。她追随苏轼，荣辱与共，付出了自己的一切，可直到死，身份还只是一个“妾”！按古代的婚姻制度，他与她算不得正式夫妻，这是苏轼终生抱憾和愧疚的。

遇上苏轼，是朝云的幸，还是不幸？

从世俗的角度来说，朝云跟随苏轼，没有享过什么福，倒是吃了不少苦。但在精神生活方面，她能遇上这位“不知更几百年才出”的“如此人物”（王安石语），一位怜惜她、珍爱她、耐心雕琢她的好男人，一位既有情调又洒脱豪放的大男人，也算是一件幸事了。不少女人一生衣食无忧，什么都不缺，就是缺少男人的怜爱！

明末清初诗人何绛有一首诗《朝云墓》云：

试上山头奠桂浆，朝云艳骨有余香。
宋朝陵墓俱零落，嫁得才人胜帝王。

好一个“嫁得才人胜帝王”！试问历代帝王的陵墓保存至今的又有多少呢？朝云墓却完好地保存至今，引来无数才子佳人的深情凭吊。

曹雪芹在《红楼梦》第二回借贾雨村之口大大宣扬他的“气说”，说有一种人，为天地之间的正邪二气交葛而成，如果是托生为男人，可能就是陈后主、唐明皇、宋徽宗、唐伯虎，如果托生为女人，就是卓文君、红拂、薛涛、崔莺、朝云。朝云没有什么诗文能够流传后世，却能被曹雪芹记住和想念，可见她穿越时空的永恒魅力。

谁复挑灯夜补衣

1052年，贺铸出生于军人世家，以外戚身份凭借恩荫做官，四十岁以前一直是级别较低的武官。元祐年间（1086—1093），李清臣掌权，才将他转为文官。

宋朝重文轻武，贺铸自称是诗人贺知章的后人，实际上不是。这并非表明他是个附庸风雅的人，他一直认为自已能武也能文，就算是别人遗弃了的曲调，他稍加剪裁，都可以起死回生，变为新奇，所以，他曾宣称“吾笔端驱使李商隐、温庭筠，常奔命不暇”。

《宋史》将贺铸记入“文苑传”，想必是遂了他的心愿的。

贺铸三十七岁那年，在和州任管界巡检，负责地方上训练兵士的事务，并分管治安。

这时候，北宋内外交困。对内，新党变法失败，一场改革草草收场；对外，又恢复了委屈求和、岁纳银绢的格局，特别是西夏对宋的骚扰愈演愈烈。

作为一名武官，贺铸忧心如焚，恨不得立刻上马杀敌、报效国家，然而位卑言轻，仕途不顺，报国无门，只有干着急，他写下慷慨雄壮的《六州歌头》，发泄愤闷。

贺铸自述年轻时结交了一帮好兄弟，在邪恶面前敢于裂眦耸发；他们喝起酒来“吸海垂虹”， 个个都是海量；他们武艺高强，到长安郊外打猎，各种野兽一捕而空；他们重义守信，一诺千金。

然而，时光匆匆，一切都似黄粱之梦。转眼间，贺铸人到中年，空有一腔抱负，却如落入牢笼的雄鹰，每天只能干些杂活，“不请长缨，系取天骄种，剑吼西风”，很想纵马边疆，将敌人手到擒来，可是没有建立奇功的机会，只好任手中的长剑在西风中啸吼。

六十六岁那年，贺铸升任朝奉郎，总算混上了一个五品官，但他特别喜欢喝酒，又无城府，喜欢议人长短，“少不中意，极口诋之无遗辞”。所以，贺铸一直沉沦下僚，又不想对上司谄媚迎合，后来索性辞职，到苏州定居了。

“当年不肯嫁春风，无端却被秋风误。”这是贺铸的名句，他把自己比作一位待嫁的女子，高不成，低不就。

到苏州定居之后，贺铸一直闭门不出，做什么事呢？校书。贺铸很喜欢书，他家里藏书有一万多卷，每一卷都亲自校对，没有一个错别字。

贺铸靠什么生活呢？他有办法，原先做官时积攒了些钱，晚年靠贷款收利息过日子。他很义气，有还不起钱的，他干脆撕掉债券，将别人欠他的钱一笔勾销。

贺铸的妻子赵氏，是宗室之女。贺铸和赵氏生有两个儿子，一个叫贺房，一个叫贺廪。单从字面上来看，“房”是房子，“廪”是米仓，好像贺铸这辈子很穷，住和吃都成问题，所以寄希望于下一代。其实，贺铸取名字，玩了一下文字游戏，他不是字方回吗？他为两个儿子取名的时候，将“方回”二字分别嵌到他们的名字当中了。

赵氏虽是皇族的后人，但并非娇生惯养之辈。她极明事理，勤劳贤惠，对丈夫极为体贴。

一次，天气炎热，赵氏将贺铸的皮衣翻出来缝补，贺铸很纳闷，问她为何在夏天缝补冬天的衣服，没必要这么性急啊。

赵氏就说缝缝补补的事，本来就是我们应该做的，一天都不能空闲。赵氏又说："我给你打个比方，你可别笑啊！从前有一个女子，脖子上长了瘤子，到了出嫁前，才去找医生。冬天的衣服，到了要穿的时候再补，不是和这个女子一样傻吗？"

赵氏未雨绸缪，是个很会过日子的人。补衣这个细节，足见伉俪情深。后来赵氏去世了，贺铸最怀念的就是妻子给她补衣服时的情景。他在《鹧鸪天》中写道：

> 重过阊门万事非，同来何事不同归？梧桐半死清霜后，头白鸳鸯失伴飞。　　原上草，露初晞。旧栖新垅两依依。空床卧听南窗雨，谁复挑灯夜补衣！

回到家里，躺在妻子曾经睡过的床上，聆听南窗滴答的夜雨，遥想当年妻子在深夜里挑灯补衣的情形，心内泛起无边的感伤，以前曾双栖双飞，如今却阴阳两隔，他感觉自己就像遭霜打后的半死梧桐、单飞的鸳鸯。

有人很鄙夷后面一句"谁复挑灯夜补衣"，说贺铸大男子主义，视妻子为贴身免费保姆，他需要的只是一个补衣服的女仆。

这对贺铸真是苛责了，当爱情转化成亲情，当爱成为一种习惯，相濡以沫的真情已经深入骨髓，那些生活中琐碎的温情，足以温暖人的一生。何况，爱情也不全是花前月下的卿卿我我，或者轰轰烈烈的抵死缠绵，一起牵手走过的温馨与艰难，一起经历的散漫光阴，也是动人的。何况，补衣服这种事，细针密线，丝丝缕缕，可以缝进多少柔情蜜意啊！

张爱玲曾对胡兰成说："你这个人呀，我恨不得把你包包起，像个香袋儿，密密的针线缝缝好，放在衣箱藏藏好。"

赵氏为贺铸补衣，一针一线，那是用心结成的一朵素色小桂花，虽不美艳绝伦，但摇曳生姿，清香扑鼻，惹人疼惜留恋。

贺铸写的这首《鹧鸪天》，为四大悼亡诗之一，足以与苏轼怀念亡妻的《江城子》媲美。

北宋词人多儿女情长英雄气短。贺铸不一样，他既有英雄豪气，又具儿女柔情。那句唱烂了的歌词“我很丑，但我很温柔”，用在贺铸身上最合适。

贺铸还写过一首《生查子》，其中有这样的句子：

挥金陌上郎，化石山头妇。何物系君心？三岁扶床女。

从这里可以看出，贺铸不是大男子主义者。在他看来，花心的是男人，忠贞的是女人，男人不爱女人，却要女人为他守节，太自私了。他谴责男人的立场一目了然。

赵氏去世时，贺铸才四十九岁。此后，他一个人生活了二十多年，没有再娶，后来他病死在一处僧舍之中，死后和赵氏合葬在宜兴清泉乡东条岭（今属常州）。

自拔金钗付酒家

林颀，清代女诗人，字韵征，号佩环，清代大才子张问陶的继室。

张问陶自号“船山”，主张诗歌要写真性情，深得袁枚赏识，袁枚赞他具“倚天拔地之才”，视其为“八十衰翁生平第一知己”。清代文学家洪亮吉更是认为，张问陶可以和李白、苏轼媲美，乾嘉诗坛所有诗人无人能及！

张问陶其貌不扬，又没钱，但林颀死心塌地爱他、欣赏他。

林颀长得怎么样？不知是不是情人眼里出西施，反正在张问陶眼里，林颀绝对是美女，他带着她去赏梅花，花美人更美，“车中妇美村婆看”连村妇都被她的美吸引了。

张问陶写过一组《梅花》诗，名动一时，诗中“独抱冰霜有性情”“清高总未合时宜”之类的句子，实际上是以花自喻。张问陶在纷繁复杂的官场“不合时宜”，但林颀欣赏他、佩服他。

两人既是爱人、知己，又是文友。林颀写字，要模仿张问陶。张问陶写诗时斟酌词句，也要同林颀商量。

两人情投意合，相互体贴，双双读书到深夜，天气转寒，你为我加衣服，我为你加衣服，即使把门关上，两个互看一天也不厌。真是柔情缱绻，两心交好，一窗幽梦。

张问陶家里一片书香氛围，“婢解听诗妻解和，颇无俗韵到闺房”，在夫妻两人的影响下，连婢女都喜欢听诗了。

高山流水，得遇知音，且知音还那么不俗，这是才子最得意的事。张问陶考中进士后，暂时没能把林颀接到京城来，十分思念。想起那些“春衣互覆宵寒重”的夜晚，两人就是吟诗度过的，他觉得她真正走进了他的内心，这世间唯有她“知余心淡不沽名”。

张问陶心思细腻，是个会疼人的丈夫。林颀与他小别后，生了病。他心中十分挂念，迫不及待地打开她寄来的信，眼泪簌簌而落，打湿了信纸，信纸上散发出一阵淡淡的药香。因为她病了，天天在煎药喝药呢，而且她还要拖着病躯养儿育女。闻到信纸上的药香，他的心更痛了。

张问陶不光诗写得好，而且画也是一绝，他画的马和鹰，极具神骏之气。

一个冬天，张问陶为林颀画像。画完之后，张问陶说：“得其神似而已。”在老婆面前，他还是很谦虚的，然而，这个爱才的老婆早就感动了，当时就忍不住在画像上题了一首诗：

爱君笔底有烟霞，自拔金钗付酒家。
修到人间才子妇，不辞清瘦似梅花。

这首诗真是太让没钱的男人艳羡了。

一位女作家说，男人缺钱是吸引不了普通女子的。但是，如果这个男子有才，是可以让不俗的女子为其死心塌地付出所有的。

“爱君笔底有烟霞，自拔金钗付酒家。”爱一个男人是爱他骨子里的才华，就算是落魄到无钱付酒资的地步，她也爱，不光是爱，还拔了头上的金钗为他付账。因为，在她看来，男人笔底的才气远远胜过自己的珠光宝气。如此女子，男人要真是碰到，实在是太幸运了。

“修到人间才子妇”，这个“修”字最值得玩味，给人的感觉是，好像这个女子在前生做了许多善事，才修得了这一段美姻缘。

“不辞清瘦似梅花”，跟着才子享受不了荣华富贵，甚至还要忍饥挨饿，为生计操劳，但就算是人比梅花瘦，也值得啊。

张问陶当下也很感动，赶忙提笔和诗一首：

妻梅许我癖烟霞，仿佛孤山处士家。
画意诗情两清绝，夜窗同梦笔生花。

就这两首诗比较而言，还是林颀的诗要深情、精彩得多。

甚至有男性文人羡慕林颀嫁了个才子夫君，竟说愿意化作绝世美女，给张问陶当老婆：“我愿来生作君妇，只愁清不到梅花。”一时间，张问陶竟然多了好多崇拜者，收到了无数情诗，他觉得自己受不了这些肉麻情诗的追捧了：“飞来绮语太缠绵，不独青娥爱少年。人尽愿为夫子妾，天教多结再生缘。”

引入梅花一线香

黄峨，为明代大才子杨慎的第二任妻子。

黄峨的父亲黄珂，四川遂宁人，成化年间考中进士，官至工部尚书。母亲是湖北黄梅一位县尉之女。她从小跟从母亲读书弹琴，博通经史，尤擅诗文。

还是很小的时候，她就写了一首《闺中即事》：

金钗笑刺红窗纸，引入梅花一线香。
蝼蚁也怜春色早，倒拖花瓣上东墙。

这是一个多有情趣的女子，把窗纸刺破，就是为了引进窗外梅花的一缕清香啊。从“笑刺”二字可以看出闺房中的黄峨是快乐的，并没有那许多闲愁。她观察生活挺仔细，在她天真烂漫的眼中，连“尚且贪生”的蝼蚁都那样珍惜春天，拖着花瓣前行。

杨慎二十三岁中状元，皇帝亲赐朝服冠带，一时名满天下。此时黄峨刚刚十二岁，黄峨的父亲与杨慎的父亲杨廷和共事多年，来往密切，所以，父亲常对黄峨提起杨慎。从此，杨慎成了黄峨心中的“励志偶像”，黄峨读书更用功了。

黄峨才华出众，长辈们都叫她“小班昭”。

她曾经写过一首散曲《仕女》，简直把仕女的各类姿态写绝了，读之，那些美丽可爱的仕女宛在眼前：

一个绿写芭蕉，一个红摘樱桃。一个背湖山，一个临盆沼，一个步亭皋。一个管吹凤箫，一个弦抚鸾胶。一个倚阑凭，一个登楼眺，一个隔帘瞧。

她还写过一首以叠词出名的《天净沙》，饶有趣味：

哥哥大大娟娟，风风韵韵般般，刻刻时时盼盼，心心原原，双双对对鹣鹣！　　娟娟大大哥哥，婷婷弱弱多多，件件堪堪可可，藏藏躲躲，啐啐世世婆婆。

转眼之间，黄峨已到十五岁，生得娟秀端庄，来提亲的显贵人家不少，但她一个都看不上。她要找一个像杨慎这样的人做郎君。她的眼光够挑剔，像杨慎这样的青年才俊，那是打着灯笼也难找。更何况，她刚刚八岁时，人家杨慎就已经结婚了。

不知不觉，黄峨已年过二十了。这在那个时代，当然是名副其实的“剩女”了。

但黄峨就是不肯将就，宁缺毋滥。一般说来，“剩女”身上有三个特征：智慧、自信和抱负。自信满满和抱负远大，当然要以智慧和才华作底子，黄峨写诗作词，才名广为传播，已从亲属小范围的“小班昭”升格为全国大范围的“蜀中李清照”。

杨慎对黄峨的才名早有所闻，只是没有机会见面。对于杨慎来说，“黄峨”这个像男人一样的名字，有一种温暖而亲切的感觉。现在，原配王研去世了，状元夫人的位置空缺了，黄峨当然是填补空缺的不二人选。

据说，原配王研去世后，杨慎声明绝不续娶，他对王研感情深，悲痛没那么快消散。这样，黄峨就女扮男装，单刀直入，去找杨慎表白爱情。杨慎感动于黄峨的真爱，为她的才华所折服，与她终成眷属。然而，这是小说家言，不能当真。

真实的情况是，杨慎看上了黄峨，遣人做媒，黄家满口应承。

彩轿到达新都时，倾城轰动。寻常百姓对高门大户向来不缺好奇心，人们都想一睹黄峨的芳容。按那时的规矩，新娘头上的盖巾只有新郎官才有资格在洞房之夜亲自揭开，所以，人们也是白看。

杨慎多才多艺，跟唐朝的大诗人王维有点像，不仅仅是文章诗词好，还会弹琵琶，而且常“自为新声”，也就是不弹前人的老调，喜欢创作新曲子。而黄峨呢，不仅很会弹琴，还经常写个散曲，边弹边唱。这两个人到了一起，是瞌睡遇到枕头，一拍即合，两心交好，情意缠绵。

然而黄峨跟着杨慎，只享受了数年的甜蜜时光，杨慎就在“大礼仪之争”中被廷杖，然后充军云南，夫妻二人天各一方。美满惬意的伉俪情深，突然被政治斗争的狂风吹得七零八落。突然降临的灾祸，令黄峨措手不及。

身披红色囚衣，挂着沉重枷锁，带着廷杖伤痛，杨慎被差人押出京城，向流放之地进发。黄峨听到这个消息，收拾行李，带着仆人，赶到丈夫身边，要与他同生共死。她与杨慎走了一程又一程，最后来到江陵。此时已是冬天，寒风呼啸，大雪纷飞，两个相爱的人在风雪中不愿分离。一个坚持要送，不肯走；一个坚持要走，不要送。

此去一别，或许今生难以再见。她泪雨纷飞。他更是心疼，作为一个男人，不能给她最起码的安稳，已是对不起她了，又怎忍继续连累她，让她陪着自己远谪边地？“顺长江回蜀吧！”他轻抚她的肩，一再劝她，她却摇头再摇头，眼神温柔而坚定。

望着滚滚东流的江水，看着江流上那自得其乐的渔翁，他随口吟出一首流传千古的《临江仙》：

滚滚长江东逝水，浪花淘尽英雄。是非成败转头空。青山依旧在，几度夕阳红。　白发渔樵江渚上，惯看秋月春风。一壶浊酒喜相逢。古今多少事，都付笑谈中。

功名利禄都是浮云，以淡定的心态面对惨痛的人生吧，因为时间能打败一切。他恳切地劝黄峨打道回府，因为，一路艰险，作为罪人，他已无能力保护一个弱女子。

她终于答应了，回蜀地，照顾他的家人。

杨慎到达云南永昌之后，地方官员对他还比较宽容，没完全把他当罪人看。因为杨慎好歹是状元，且做过皇帝的老师。

杨慎孤身一人，十分想家，想念黄峨，“相思离恨有多少，烦恼凄凉有万千”。人在寂寞的时候最脆弱，也容易偏激，他有点怪黄峨来信少了。他在诗中说“易求海上琼枝树，难得阁中锦字书”。这句诗看着眼熟，原来是从唐朝女诗人鱼玄机那句“易求无价宝，难得有情郎”化来的。

殊不知，黄峨也有苦衷。杨家人口众多，她侍奉公婆，操持家务，忙得脚不沾地，但仍无时无刻不在思念丈夫。她在《罗江怨》中写道：

青山渐渐遮，行人去也，羊肠鸟道几回折？雁声不到，马蹄不怯。恼人正是寒冬节。长空孤鸟灭，平芜远树接。倚楼人冷栏干热。

“雁声不到”，她也在苦盼着杨慎的消息。苦盼到何种程度？“倚楼人冷栏杆热”，傻傻地倚着栏杆等啊等，结果呢，人的心凉了，栏杆却被焐热了。

夫妻之间，我盼你写信，你盼我写信，但收到的信很少。这是为何？黄峨给出了答案：“寄书难，无情征雁，飞不到滇南。”原来是邮路出了问题，山水迢迢，路途不畅，信息不通，十封信寄出去，能收到一封，就是幸运的了。

有一段时间，黄峨连信也不敢给杨慎写。杨慎是政治犯啊，万一写的信被朝廷抓到什么把柄，那就麻烦了！但是，她实在思念杨慎，怎么办？心思机巧的她，给他寄去一方丝帕，什么也没说。他明白她的心思，这方手帕可是千丝万缕的相思结成的啊。他给她回了一首诗：

不写情词不写诗，一方素帕寄心知。
心知接了颠倒看，横也丝来竖也丝。

好在，夫妻俩还是有机会团聚。杨慎流放云南后两年，父亲生病了，他得以回家探视。随后，黄峨与杨慎同赴云南，度过了三年时光。如果不是杨慎的父亲病逝，黄峨可能会陪他坚持到最后。杨慎的父亲死于1529年。这一年，杨慎四十一岁，获准归葬其父。办理完丧事，杨慎又匆匆赶回云南，黄峨独自留在新都操持家务。

自此，夫妻天各一方，聚少离多。路遥情长，只能互寄情词，以诉衷肠。

有一种爱称叫“细君”

古代男子对他人称自己的妻子一般为“拙荆”或者“内人”，至少在女权主义者眼中，这两个称呼摆脱不了男尊女卑的观念，略有歧视女性之嫌。韩愈却别具一格地称妻子卢氏为“细君”，不由让人眼前一亮。

作为监察御史的韩愈因上言直陈关中旱情，被贬到广东阳山当县令，面对阳山的穷乡僻壤，他发出哀叹：“阳山，天下之穷处也！”

唐朝的律法规定，被贬官员的家属不得留于京师。卢氏随韩愈到阳山后，吃穿用度，全靠自己的一双手，却也丰衣足食。卢氏聪明好学，一点官太太的架子也没有，她向当地农民学会了养蚕织丝的技术，以补贴家用。

韩愈在《岳阳楼别窦司直》一诗中说：“细君知蚕织，稚子已能饷。”老婆已经会养蚕织丝了，小儿子呢，也能为他妈妈送饭了。

韩愈为什么称卢氏为“细君”呢？

一说，东方朔的老婆叫“细君”，后来用作妻子的代称；一说“细君”为“细瘦之君”的简称，是男人对妻子最疼爱的称谓。韩愈称卢氏为“细君”，应该是怜惜她因“知蚕织”变瘦了吧？看着所爱的人跟着自己终日操劳，衣带渐宽，哪会不心疼呢！

唐朝诗人很是大男子主义，即使骨子里特别疼老婆，也不肯写首诗公然赞美。韩愈就是这样，然而，从一些小细节，还是可以看出，韩愈是真的疼卢氏。

回过头来追根溯源说“细君”，这个称呼的确最早出自东方朔之口。但东方朔的老婆真的叫“细君”吗？这个记载在《汉书》里的故事是这样的：

一个大热天，汉武帝下令赏肉给官员。分肉官到天黑了还不来，东方朔独自拔剑割肉，扬长而去。事后，分肉官向汉武帝告了东方朔一状。汉武帝责问东方朔：“昨天赐肉，你不等诏令下达，就用剑割肉走了，这是为什么？”东方朔谢罪后说：“东方朔呀！东方朔呀！受赏不待诏，多么无礼啊！拔剑割肉，多么豪壮啊！割肉不多，多么廉洁啊！回家送肉给细君吃，多么爱她呀！”汉武帝哈哈大笑说：“让你自责，你倒好，反过来夸自己！”又赐给他一百斤酒、一百斤肉，让他回家送给那个“细君”。

东方朔称老婆为“细君”，并非老婆的名字叫“细君”。“细”是“小”的意思，“细君”就是“小皇帝”。一个男人，能够殷勤谦卑地像臣子侍奉皇帝那样侍奉老婆，那老婆该多幸福啊！封建社会，女人地位低下，女人看男人的脸色活得战战兢兢，男人能够掉过头来讨女人欢心，还真是稀罕。

其实，东方朔并不是个好老公。《史记》记载东方朔把钱都花在了女人身上：“徒用所赐钱帛，取少妇于长安中好女。率取妇一岁所者即弃去，更取妇。所赐钱财尽索之于女子。人主左右诸郎半呼之‘狂人’。”他经常用皇帝的赏钱娶长安美女，然而最多一年就要休掉再娶，同事们半是嘲弄半是嫉妒地称他为“狂人”。

这样一个花心的人，哄起老婆来也真有一套，称老婆为“细君”，至少是在一段时间里，他还是真心地疼老婆的。

清代的郑板桥也是一个怜香惜玉之人，他写过一首《细君》：

为折桃花屋角枝，红裙飘惹绿杨丝。
无端又坐青莎上，远远张机捕雀儿。

桃红、柳绿、青草、人美。为了攀折屋角上的那一枝桃花，女子穿着红色裙子爬上高高的杨树；一会儿又无缘无故地坐在草地上，布下罗网去捕鸟雀。

这位娇俏可爱、天真烂漫的少妇，就是郑板桥娶的小妾饶氏。郑板桥娶饶氏时已四十五岁，饶氏才十九岁。当时郑板桥已有了正妻郭氏，但他极宠饶氏，所以称饶氏为“细君”。

现代诗人朱湘给霓君写情书，给霓君讲东方朔割肉的故事，并拿自己和东方朔相比，说：“这个故事，我的霓君，我的细君，我的小皇帝，你看这有点趣味吗？我如今在外国省俭自己，寄钱给你，别的同学是不单不寄钱回家，有时还要家里寄钱，你看我比起东方朔先生来，也差不多吧？我想我寄回家的钱，总不止买一头猪罢……”

“细君”这个爱称，远比“老婆”来得庄重，比“妻子”来得俏皮。男人如果爱一个女人，又想不落俗套地斯文一点，不妨深情款款地称她为“细君”吧。

归有光的旧爱

明代文学家归有光先后娶过三任妻子，第一任妻子魏氏，是母亲生前为他选定的。

归有光很穷，但是魏氏觉得自己嫁的这个人太珍贵了，与一般的男人大不相同。从名文《项脊轩志》就可以看出魏氏对归有光的爱恋：“时至轩中，从余问古事，或凭几学书。”一个“时”字余味无穷，几乎可以想见，这位娇美可人的新婚妻子，对丈夫因崇拜而依恋，常常在丈夫的书房里进进出出。

他正读书，她一会儿就进来了，说有个事情要请教相公啊！而当归有光一本正经地给她讲解“古事”时，她却在一边偷偷嗔笑：书呆子也“呆”得蛮可爱！

等她走了，他再次拿起书本，不一会儿，她又进了阁子，撒娇歪缠地要他教书法。他手把手地教她写字，头轻触在一起，她的发丝拂得他的脸痒痒的……

她回娘家，连她的小姐妹都知道归家有个“阁子”。这是谁说的呢？还不是她？她以骄傲的语气告诉小姐妹何谓“阁子”，别看那屋子小，那可是夫君的殿堂，更为重要的是那里有她一心只读圣贤书的“君王”。

好人不长命，魏氏陪伴他仅仅四年多，生育一女，已有四岁，又生育一子，病逝时，儿子才三个月。

“庭有枇杷树，吾妻死之年所手植也，今已亭亭如盖矣。”睹树思人，树犹如此，人何以堪！

过了两年，归有光续娶安亭（在今上海市嘉定区）望族之女王氏。这一年，他三十岁，王氏十八岁。

从归有光的《世美堂后记》中，可以窥见王氏的贤惠。王氏从来不让归有光操心家事。她一人管理四十多亩田地，督促僮仆开荒，大旱之年，唯她家有收成。

每季收获稻子之后，王氏酿成甜酒，先给公婆享用，自己才敢品尝；收获了大麦、小麦，制成了美味的酱料，也是先献给公婆，然后才用于自家烹饪。至于祭祀祖宗、接待宾客、亲属的婚丧嫁娶、亲友间的礼尚往来，她都做得非常周到。

王氏特别支持他的事业。她知道他喜欢读书，一旦听说哪个书香旧家有零散的书籍，就让邻里妇人求借或者购买，这样添置的图书达到了几千卷。

王氏因操劳过度，病逝时年仅三十四岁。

仅过了一年，归有光娶了第三任妻子费氏。想当年，结发妻魏氏去世两年，他续娶了王氏。现在这么快娶了费氏。这对已故的王氏太不公平了！

一边是痛彻心扉的思念与哀悼，一边又把新人娶进门来，也太快了吧，一点过渡和铺垫都没有。

所以，今天有人质疑归有光对两任妻子的真情。

更为蹊跷的是，归有光为魏氏与王氏都写了纪念文章，唯独对这位费氏，片言只语也没有。

前面两任刻骨铭心，后面这位只字未提，要么是归有光有什么难言之隐，干脆打死也不说；要么，是这位新人费氏乏善可陈，作为女人，作为家庭主妇，她身上一点闪光点也没有，触动不了归有光。

其实不必较真，今天我们读归有光的文字，看得出他对两任旧爱款款深情，看得出她们就像红花碧树在他心灵深处扎了根，谁也不能轻易拔去，这就够了。

“女陶渊明”芸娘

芸娘为何人？读过《浮生六记》的人都知道，她是该书作者——乾隆时代的寒士沈三白的妻子。林语堂先生曾称之为中国文学史乃至中国历史上最可爱的的女人。他还对人说：“沈三白之妻芸娘，乃是人间最理想的女人，能以此姝为妻，真是三生有幸呢！”看来，林语堂对芸娘是爱得不行，大有将自己化成沈三白的意思。

和林语堂先生一样，我始终相信芸娘应该是真有其人的。网上曾有一种说法，说三白将芸娘写得如仙女般完美，不过是一个潦倒书生的意淫罢了。

和这种观点相反，我倒是认为，三白的生花妙笔，渲染点缀，说不定只还原了一个真实女子的十之七八，甚至更少！

芸娘是最有女人味的女人。

“女人味”并非现代女子张扬的性感妩媚，而是隐含着的一种传统美德。所谓“贤良淑德”，就是以现代视角来看，也并不都是应该颠覆的东西。这里有体贴，有牺牲，有柔情，更有宽容。

芸娘是三白舅舅的女儿，比他大十个月。三白说自己十三岁时，去舅舅家，看了她写的诗，“叹其才思隽秀”，就爱上了这个表姐，他母亲摘下金戒指为他们定了亲。

芸娘并非国色天香的女子，三白形容她削肩长颈，瘦不露骨，眉弯目秀，神采飞扬。美中不足的是，有两个门牙稍稍露出，似非佳相。

这是少女时的芸娘，才华与身体就像梅子一样青涩，三白却认为她有一种缠绵之态，令人销魂荡魄。

芸娘四岁失父，家庭贫寒。小小年纪的她，以做针线活养家糊口，供弟弟读书，而她自己，竟用白居易的《琵琶行》作启蒙教材，学会了认字、作诗。这种经历，滋养了芸娘自我牺牲、知冷知热的品格。

还是两人订婚不久的那年冬天，三白夜送堂姐出嫁，回到芸娘家中，已是三更时分，正是饥肠辘辘，芸娘悄悄地拉拉他的袖子，把他带入闺房，将她藏了多时的暖粥奉上。三白正要举筷，芸娘的堂兄玉衡挤进来，对她戏谑道："我要吃粥，你说'吃完了'，原来是专门款待你的夫婿的啊！"弄得她非常窘迫，急忙躲开。

原来，爱情可以装在一个小小的碗里来表达。这一粥一饭的恩情让三白念念不忘。两人婚后，诗酒唱和，百般恩爱。芸娘去世之时，他发出这样的悲叹：愿世间夫妻不至于反目成仇，但也不能过于恩爱。否则，一方撒手人寰，另一方将是多么痛苦！

芸娘爱夫君，爱得特别用心，甚至迷信。

两人十七岁时结婚，并肩吃饭的时候，三白发现桌上有荤菜，想起芸娘吃斋数年了，暗自计算她吃斋的日期，正是自己生天花的时候，现在他的天花痊愈，脸上也没有落下"麻子"，于是问芸娘是否可以开斋，芸娘笑着点点头。

原来，芸娘几年如一日不沾荤腥，是无时无刻不为三白祈福：不要变成麻脸，企盼他能健康啊！

芸娘的柔情是含蓄的，是不需要用言语去表达的。

三白是个自小有闲情的人，他的这种闲情，在今天看来似乎有些夸张，比如说夏天蚊声如雷，他却把蚊子想象成一群仙鹤在天上飞舞。与三白

的这种闲情相呼应，聪明的芸娘是一个善解人意的女人，也是一个情趣高雅的女人。

三白扫墓的时候，捡来一些好看的石头，准备造一座假山，但苦恼于用油石灰黏合会露出斧凿的痕迹，芸娘教他将顽劣的黄石捣碎，用水拌和，抹在黏合之处，假山便宛若天成了。

三白喜欢插花，芸娘略嫌单调，教他将死了的昆虫，如螳螂、蝉、蝶之类系在花草之间，栩栩如生。

夏天荷花初放的晚上，芸娘会用小纱囊装一点茶叶，放在荷花蕊上吸取精华。第二天清晨，芸娘取出纱囊，再用天然泉水冲泡，茶的清香幽韵，无与伦比。

还有一次，三白与友人郊游，因为野外没有酒店可以吃菜饮酒，芸娘为他们雇了一个卖馄饨的师傅，挑着锅灶与他们同行。这样，三白与友人得以对花热饮，心满意足地饱醉而归。

芸娘既是三白柴米油盐的妻子，也是为三白“添香”的“红袖”，既能为三白做便宜可口的菜肴，又能与他谈诗论画。最关键的是芸娘懂三白。

父亲对三白不喜仕途、不求上进颇为不满，芸娘却与三白步调一致，夫唱妇随。三白不喜功名，不喜繁华，钟情恬淡自然，醉心山水闲趣，她不但从未苛责，反而是欣欣然地投入到三白的情趣当中。她淡雅脱俗，卓尔不群，全身散发着一种娴静之气。

三白和芸娘到一幽僻之地避暑，邻居只有一对老夫妇。白天，老翁为他们制作了鱼竿，让他们坐在清风徐徐的柳荫深处垂钓。黄昏，夫妻二人相拥着欣赏美丽的夕阳与晚霞。晚间，虫声鸣唱，两人在月光下慢饮小酌。

这种惬意的生活让芸娘留恋不已，她非常开心地许下愿望，希望将来与他在这里买地建屋，再在房子周围种上十亩菜园，然后“课仆妪，植瓜蔬，以供薪水。君画我绣，以为诗酒之需。布衣饭菜，可乐终生，不必作远游计也”。如此田园理想，活脱脱一个“女陶渊明”！

芸娘走出闺阁，与三白出游，来到沙鸟飞鸣、水天一色的太湖，见天地之宽，览山水之胜时，芸娘不由大发感叹：“此即所谓太湖耶？今得见天地之宽，不虚此生矣。想闺中人有终生不能见此者！”清风徐来之中，手摇纨扇，赏霞光满天，烟笼柳暗，湖光闪耀，这时候剖瓜解暑，听船家女少击碟而歌，享受的是何等自在的人生！

可惜这样的神仙眷侣般的日子终不长久，夫妻俩最终都要面对生活严酷的挤压和掠夺。

三白是天生的不擅生计，没有固定工作，习幕、经商都是不得已而为之，他喜欢的是“呼朋引类，剧饮狂歌，畅怀游览”，不惜“计米商柴而寻欢”。

但芸娘从来没有怨过三白。对于生活的坎坷，她曾对女儿总结道：“汝母命苦，兼亦情痴，故遭此颠沛。”“情痴”，是芸娘对自己的定位。既然爱三白，就注定要与他承受所有的苦难和忧伤，承担生活的风霜雨雪。

三白与芸娘的现实窘境，还在于两人为家庭所不容。特别是三白的母亲极不喜欢芸娘，顺带连自己的儿子也不疼爱了。没有长辈的关照和支援，三白一家很难支撑，他们的女儿给人家做童养媳，儿子逢森因家庭拮据，早早就跟人学贸易，十八岁就病死了。

在那一天，芸娘终于熬不住了，她躺在扬州客舍的病榻之上，生命之灯快要熄灭之时，还在感谢上天赐给三白这样的佳婿，感谢三白赐给她神仙般快乐的日子，说着说着，她就气喘得不能发声了，三白只听到“来世”二字。然后任他千呼万唤，芸娘已不能言，唯有两行清泪潸潸地流下。等泪水渐干，芸娘便芳魂缥缈了，年仅四十多岁。

芸娘走了，带着来世再做三白之妻的愿望，不舍地走了。这时候的三白已经没有家了，还不知今后的日子怎么过。芸娘死时，既是不甘心，也是不放心的吧？

像三白这样的落魄书生，与芸娘这样的女子结为夫妻，是幸，还是不幸？

以世俗的标准来看，他们的生活非常不幸。俗语说，贫贱夫妻百事哀。然而，他们还有爱情，相濡以沫、相知相惜的爱情。

那么，爱情是什么？有一位女作家说，她不赞成众多文学作品里吹嘘的爱情至上论，但是，不得不承认，爱情比名利、比金钱、比青春都重要一点点，不多，就那么一点点。

古代女子的口才

古代不少女子的口才是十分出色的，最有名的当属东晋的“咏絮才女”谢道韫。《世说新语》记述了谢道韫帮小叔子王献之解围的事。

一天，王献之和几个知识分子“清谈”，也就是探讨人生、社会、宇宙的哲理，免不了一番唇枪舌剑。王献之理屈词穷，眼看就要招架不住落荒而逃了。

谢道韫听到后，叫婢女告诉王献之，说她愿意为小叔子解围。碍于传统礼教，她不能直接扎到男人堆里高谈阔论，只好设一道青绫作为幕帐。她坐在帐后，“申献之前议，客不能屈”。这个“申献之前议”很有意味，就是说她不是另起炉灶，而是继续发挥王献之先前的观点，说得宾客无语可对，真正是起死回生，挽狂澜于既倒。

可惜的是，史书上没有记载谢道韫与客人辩论的具体内容，否则，后人也可以直观地领略一下才女的风采了。

第二位伶牙俐齿的女子，当属罗敷了，著名的乐府叙事诗《陌上桑》记载了罗敷如何巧妙地应对使君的过程。

罗敷之美举世无双，以植桑养蚕为业的她，经常去城南采桑。有一天，她在路上遇见了当地的最高领导——使君大人，使君想强占罗敷，罗敷以精妙绝伦的口才让使君尴尬而退。

罗敷极言夫君优秀，先摆出了夫君的升迁路线：十五岁在太守府做小吏，二十岁在朝廷里做大夫，三十岁做皇上的侍中郎，四十岁成为一城之主。接着说夫君人品好，长得帅，有风度：“为人洁白皙，鬑鬑颇有须。盈盈公府步，冉冉府中趋。”最后还说夫君口碑好、群众基础好：“座中数千人，皆言夫婿殊！”

罗敷话里的意思再明白不过：你不过是一个使君，官当得没我夫君大，长相没有我夫君美，名声没有我夫君好。想打我的主意，我还看不上你呢！这样，罗敷描绘出一个完美至极的白马王子，轻而易举地将使君吓得抱头鼠窜。

宋朝著名词人张先很宠爱一个小妾，不光因为这小妾长得美，最重要的是，这小妾口齿伶俐，脑子灵光，很会与他开玩笑。张先写过一首词，就是记述自己与小妾互相打趣调侃的：

> 牡丹含露真珠颗，美人折向帘前过。含笑问檀郎：“花强妾貌强？”
> 檀郎故相恼，刚道花枝好。花若胜如奴，花还解语无？

家里那位美人儿从帘前婷婷袅袅地走过，满面含笑地问郎君：“是我的容貌胜过花，还是花的容貌胜过我？”人、花比美，她也真敢比！郎君觉得可笑，但是仔细一看，美人儿美目含情，还真是比那花好看多了，可是偏偏要逗逗她，故意说反话：“嗯，那花还是比你好看一点！”不想她伶牙俐齿来了这么一句：“这花儿如果真强过我，那你说说，它能与你斗嘴取乐吗？”

这个女子真是好口才，不自觉地运用了辩论中的归谬法，那就是先假设对方的逻辑是对的，然后，举出一个例子，推导出一个荒谬的结论，来证明对方是错的！可以想见，女子的这一反问，让张先无言以对又忍俊不禁。

风趣

浅浅的调侃，现代的语言，严谨的资料，摆脱了娱乐历史的倾向，好读、耐读，给人轻松愉悦之感的同时，又常常让人情不自禁地陷入沉思。

王粲好驴鸣

历史上最早见于记载的麻风病人，应该是被誉为“建安七子”中的的王粲。麻风病的潜伏期一般为三到五年，但是在王粲身上潜伏了二十年。

二十一岁那年，王粲遇到名医张仲景。张仲景对他说：“你有病了啊，如果不早点治，到了四十岁，眉毛就会掉，眉毛掉光之后再过半年，你就会死。如果现在去吃五石散，你还有得救。”王粲不高兴了，别危言耸听了，不就是想让我推广你的新药嘛！

原来这五石散正是张仲景发明的，由石钟乳、硫黄、白石英、紫石英、赤石脂几种石头熬成的，还加点别的什么药。但是这药副作用大，当时谁都不敢吃。后来才由曹操的干儿子何晏吃开了头，流行一时。

张仲景送了王粲一些五石散，指望着王粲去给他当“试药员”，哪知张仲景一走，王粲就把药扔了。王粲觉得自己根本没有病，不就是个子矮点，长得瘦点嘛。

几天之后，张仲景见到王粲，问：“你吃了我的五石散没有啊？”王粲骗他说：“吃了，吃了！”张仲景把他仔细看了看，摇摇头说：“看你的样子，压根没吃，你就等着掉眉毛吧！”

那时候，麻风分枝杆菌已经开始干扰王粲细胞内的废物清除过程，对他的表皮细胞进行破坏了，所以王粲除了长得瘦小，皮肤也是非常粗糙暗淡的，如此形象不佳，让他的婚姻成了大问题。

在本地找不到媳妇，王粲和堂兄跑了好远的路投奔刘表。因为王粲在文学上崭露头角，刘表说要把女儿嫁给他，但他一看王粲身体瘦小，就改变了主意，将女儿嫁给王粲的堂兄了。

后来曹操攻占荆州，王粲弃暗投明，随曹操回到中原，并且受到曹操的重用。王粲终于过上了幸福的生活。“建安七子”之中，除了孔融常与曹操对着干、不合群之外，王粲等六个人，常和曹丕等一起喝酒、开诗歌朗诵会。

那真是一段无比快乐的时光啊，朗诵会上，每个人都要表演节目，王粲最拿手的节目是学驴叫。谁都知道驴子身材矮小，但一旦叫起来，它的表现完全可以用炽烈热情、石破天惊来形容。王粲也一样，他那瘦弱的身躯里蕴藏着巨大的能量，由他口中发出的豪放的“啊哦啊哦”，具有一种震撼人心的凄凉之美。

可惜，王粲的驴叫生涯没有持续几年，在他体内潜伏了二十年的麻风病毒发作了，真的像张仲景说的那样，他的眉毛开始掉了，半年之后，他就死了。

曹丕为王粲举行了隆重的追悼会，他深情地对参加葬礼的人说：“王粲生前就喜欢学个驴叫，天堂里面啊，不知有没有驴子，为了寄托我们的哀思，且让我们学一声驴叫，为他送行吧！”说完，他就带头学了一声驴叫，祭吊的宾客也跟着学起了驴叫，一时间，各种音色和风格的驴叫声交织在一起，此起彼伏，真是哀情鼎沸，盛大壮观，这应该就是我国最早的集体行为艺术了。

左思有娇女

西晋时代的左思才高八斗，以一篇《三都赋》创造了“洛阳纸贵”的神话，但他相貌不佳也是有名的。

古人也刻薄，正面描写左思“貌寝口讷”还不够，还来侧面描写。《世说新语》有一个男性版的“东施效颦”的故事，说的就是左思。

著名帅哥潘安年轻时有一爱好，喜欢打鸟，那时候没鸟枪，他就用弹弓，每次他带上弹弓出外郊游的时候，洛阳城的大姑娘小媳妇就呼唤着他的名字，牵起手来将他围起来看个够。

左思也学着潘安的样子，坐着车子出去郊游，刚出门，后面就追过来一群女子。她们也手牵手把左思围起来，但不是把他一次看个够，而是一起朝他吐唾沫，对他一次“吐”个够！

左思的自信心大受打击，“委顿而返”。

左思的妹妹左芬是个才女。当时的晋武帝司马炎倾慕左思之名才将她召入后宫，封她为贵妃，但这不过是司马炎博取惜才之名的手段。

《晋书》中称左芬“姿陋体羸，常居薄室”，因为左芬长相一般，再加上体弱多病，司马炎不宠爱她，安排给她住的地方也不好。司马炎无聊的时候，想附庸一下风雅，就同她聊聊文学；每当弄到奇珍异宝或者哪个地方的土特产，或者皇宫里死了什么重要人物，就会想起她，要她写个赋啊颂啊悼词什么的。

左芬的日子暗无天日，比寡妇好不到哪里去，曾经写了首《离思赋》，声泪俱下地诉说锁闭深宫、骨肉分离的痛苦。钱钟书先生给这首《离思赋》以较高的评价。

于是有人放出风来，说左家的遗传基因不好，即使机遇撞上门来，也抓不住。

左思不服气，什么啊，我的两个女儿不就长得很漂亮嘛！

为了让天下人都知道他左家的遗传基因已经发生了改变，他就写了首《娇女诗》以正视听，创造出“左家娇女”这个典故。《娇女诗》可能是文学史上第一首以儿童为描写对象的诗歌，也算是历史上最早的广告词吧：

吾家有娇女，皎皎颇白皙。小字为纨素，口齿自清历。鬓发覆广额，双耳似连璧。明朝弄梳台，黛眉类扫迹。浓朱衍丹唇，黄吻澜漫赤。娇语若连琐，忿速乃明集。握笔利彤管，篆刻未期益。执书爱绨素，诵习矜所获。其姊字惠芳，面目粲如画。轻妆喜楼边，临镜忘纺织。举觯拟京兆，立的成复易。 玩弄眉颊间，剧兼机杼役。从容好赵舞，延袖象飞翮。上下弦柱际，文史辄卷襞。顾眄屏风画，如见已指摘。丹青日尘暗，明义为隐赜。驰骛翔园林，果下皆生摘。红葩缀紫蒂，萍实骤抵掷。贪华风雨中，眒忽数百适。务蹑霜雪戏，重綦常累积。并心注肴馔，端坐理盘槅。翰墨戢函案，相与数离逖。动为垆钲屈，屣履任之适。 止为荼菽据，吹吁对鼎铄。 脂腻漫白袖，烟薰染阿锡。衣被皆重地，难与沉水碧。 任其孺子意，羞受长者责。瞥闻当与杖，掩泪俱向壁。

我家两个小女儿，皮肤白得像月光。小妹妹叫纨素，吐字清晰，口齿伶俐，长长的刘海，快要掩住细长的丹凤眼，活泼多变，呈不羁之美，白皙小巧的耳朵，仿佛一对价值连城的宝玉。而小姐姐惠芳，像是从画上走出来的美人，她更是一个万人迷，也有着红润的嘴唇、醉人的眼睛。她常常坐在窗前入神地为自己化妆，对着镜子经常忘了纺织之类的事情。还有啊，她是个文艺人才，赵地之舞跳得相当好，给个手势就能够翩翩起舞。

两姐妹还很有生活情调，平时都喜欢弹琴读书；喜欢在大自然中玩耍，将未成熟的果子摘下来；冒着风雨赏花；还爱玩雪，喝亲手煮的下午茶……

或许是左思平日在相貌上饱受歧视，或许是“爱女莫若父”的心理因素使然，他笔下的娇女才如此完美，外在美与内在美兼具。

可惜这一首《娇女诗》没有像《三都赋》一样引起轰动效应，要不，到左思家里提亲的人一定会络绎不绝的。

洛下书生吟

“东山再起”这一典故的主人公，创造了史上著名的以少胜多的战例的谢安，是东晋时的大名人，他的一举一动都是当时人们关注的焦点。

谢安有一个老乡，犯了错误被革职还乡。谢安去送行的时候，就问老乡：“宦囊充实否？”问话很直接，做官这几年，捞了一点油水没有啊？

老乡苦着脸抱怨道：“没有啊，只有五万把不能吃不能喝的扇子！”

五万把，不是小数目，真要带回家去用，怕是几辈子也用不完。

谢安就拿了一把蒲扇，免费地充当蒲扇的“形象代言人”，走到哪里就把蒲扇带到哪里。没几天，城里的人就争相抢购蒲扇，老乡的蒲扇自然很快就脱销了。

由此可见谢安的影响力。

今人学语言的行为很势利，一是把经济发达地区的方言奉为时尚，一是盲目模仿所谓的名人风范。尤其是后面一点，古人早就有了先例。

据陈寅恪先生考证，士大夫谢安有一绝活，叫作“洛下书生咏”，即能用洛阳书生腔念书吟诗。《晋书》记载：“（谢）安能作洛下书生咏，而少有鼻疾，语音浊。后名流多学其咏，弗能及，手掩鼻而吟焉。”

谢安患有鼻炎，估计比较严重，说不定长了鼻息肉，发音的时候鼻音重浊，给人造成一种傲慢和不屑一顾的错觉，这倒很符合谢安的名士风度。一时间，谢安的发音，引得当时的江南名士纷纷效仿。

一次，桓温请谢安和王坦之赴宴，实际上是想除掉他们，以扫平他夺权道路上的障碍。王坦之吓得要命，谢安却神情镇定。他走上台阶，擤了擤鼻子，用标准的洛阳音大声指责桓温。如此高贵的洛阳音一开腔，桓温被彻底震住了，挥退了埋伏的刀斧手。

虽然这不是桓温不杀谢安的主要原因，但谢安的“洛下书生咏”确实名气很大。后来桓温死了，谢安掌权，“洛下书生咏”简直成了“官方语言”。

只有画家顾恺之对这种语言潮流不感兴趣。有人曾请他作“洛下书生咏”，他讥讽说：“我为什么要学这种‘老婢声’！”“婢”有轻贱之意。据说是谢安远不如桓温重视顾恺之。看来，顾恺之并不是真看不起“洛下书生咏”，不过是发泄对谢安的不满罢了。

今人考证出我国古代以洛阳音为标准音，那么谢安说的就是地道的“普通话”了。按专家的说法，此洛阳音已经有四千多年悠久的历史，为了让今天的读者感同身受，专家还专门选出两句唐诗作示范，“床前明月光，疑是地上霜”如果用古代“普通话”读，发音应该是“将则蒙虐广，捏节底尚爽”。这无疑是一件很有想象力的事情。

爱才的苻坚

提起苻坚，大多数人都会想起“淝水之战”之中他的狼狈结局，百万之师惨败于区区八万人马，怎么想都有点不可思议。按照“成则为王，败则为寇”的历史惯性思维，人们多会小看战前扬言“投鞭断流”的苻坚，笑他刚愎自用，狂妄轻敌。

其实，苻坚是一位相当有作为的君王，他最大的优点是“爱才”，最大的缺点也是“爱才”，他的成与败都与“爱才”有关。

史载，苻坚小时生有异相，所谓“臂垂过膝，目有紫光”。他祖父苻洪就常对人夸耀：“此儿姿貌瑰伟，质性过人，非常相也。”当上前秦皇帝后的苻坚，果然不负其祖父所望，知人善任，开明大度，内政修明，前秦在他的统治下显示出极强的发展潜力。

所谓“才”，一要确实有本事，二要为我所用。孔明对刘备来说是“才”，对曹操来说就不是“才”。而苻坚爱才，相当泛滥，有爱对的，有爱错的，有爱得过分的。

苻坚召见王猛，是一个具有历史转折意义的日子。两人一见如故，谈及天下大势，英雄所见略同，双方都有相见恨晚之感，于是苻坚对王猛委以大任。王猛也使出浑身解数，将前秦治理得井井有条。苻坚更加器重他，称王猛是他的管仲，一年之内，将王猛连升五级。

苻坚又让王猛担任丞相、中书监、尚书令、太子太傅等重要职位，几乎将国内外的重要事情都交给王猛一个人处理。王猛一再请辞。苻坚不允，说你不能辞职，就像我不能辞掉皇帝之位一样。王猛越发尽心尽力。苻坚非常感动，认为自己得到王猛，就像周文王得到姜太公一样。王猛谦逊地认为自己不如姜太公，苻坚却固执地认为就是把王猛比作姜太公，都还不够。

他曾多次对太子说："汝事王公，如事我也！"王猛操劳过度，五十一岁病死。苻坚痛哭不已，恨上天不想让他统一天下，才夺走王猛之命。

可以说，没有王猛，就没有前秦的强大。

苻坚爱才，任何一件事都可能激发他内心强烈的"爱才情结"。

379年，也就是王猛死后第三年，苻坚命他的儿子苻丕等人带了十几万大军，分兵几路进攻襄阳。守襄阳的东晋刺史朱序坚决抵抗。前秦军队久攻不下，十分无奈，后来还是朱序那边出了个叛徒李伯护，与前秦军队里应外合，前秦军队才将襄阳攻下，俘虏了朱序、释道安、习凿齿三人。

高僧释道安当时名气很大，苻坚对他十分崇敬，认为他不是凡人，简直就是神。习凿齿是东晋史学家，博学多才，当时腿有毛病，来见苻坚时走路一瘸一拐的，不乏幽默感的苻坚只将其看作半个人，大喜过望地说："朕以十万师取襄阳，所得唯一人半，安公一人，习凿齿半人。"因此有人戏称这是史上一场"争夺和尚的战争"，说苻坚费那么大劲就是为了襄阳城的一位叫作释道安的和尚。

再说朱序，虽然他拼死抵抗前秦，让前秦损兵折将不少，但苻坚认为他是忠义之人，对他不薄。但朱序偷偷逃跑了。后来，苻坚将他再次俘虏，不但不追究，还以礼相待，将他纳入可用之才的范围。而对李伯护，苻坚却认为他不忠不义，贪图小利，杀掉了他。

就是这个朱序，直接导致了苻坚“淝水之战”的惨败。

据说，当时苻坚雄心勃勃地去攻打东晋，他的军队号称有百万之众，首尾相连，连绵五百余千米。

苻坚离开长安时，“爱才情结”又一次发作，他想象统一天下之后，将东晋那边的人才全都占为己有，甚至将他们的官都封好了，比如说任命东晋皇帝司马曜为尚书左仆射，谢安为吏部尚书，桓冲为侍中……他统一天下的雄心化成了组建一个庞大的爱才政府的计划。

苻坚到达寿阳之后，重用朱序，派朱序前往晋营劝降。朱序将前秦的底细向东晋和盘托出。他对谢石说，前秦百万大军还没有全部到达，应尽快攻击其前锋。

谢石采纳了这个雪中送炭的建议，派使者通告秦军说：“双方在淝水对峙，无拼杀战场。如果秦军能够退后一些，腾出战场，双方主帅马上观战不是更好？”

秦将苻融也不是笨蛋，他心中也有如意算盘，那就是趁谢石的部队正在渡淝水时，发动突然袭击，以歼灭他们。于是他让部队有序地撤退。哪知朱序在队中大叫：“前军败了！”后军中的鲜卑、羌、羯等各族士兵转头就跑，一时间兵败如山倒。前秦兵士自相践踏，死伤无数，连苻融也马倒被杀，苻坚被流矢射伤。从此，前秦元气大伤，一蹶不振。

最后说说苻坚的死，他其实是死于自己的“爱才情结”。

姚苌是羌族首领

姚弋的第二个儿子，与前秦相战，战败投降，为苻坚重用，建立了不少战功。其实，他反叛的心一直未死，可惜苻坚爱才心诚，一直未看出来。

淝水之战后，姚苌造反，抓住苻坚，将他关在一座寺庙里，向他索要传国玉玺。苻坚大骂："小羌敢逼天子，五胡次序，无汝羌名。玺已送晋，不可得也！"

姚苌又派右司马尹纬去做苻坚的工作，让苻坚将帝位禅让给他。苻坚对尹纬说："禅代是圣贤之间的事。他姚苌叛贼，哪里配！"大概这个尹纬在做工作时和苻坚讨论了一些问题，显露出他的渊博才学，再次勾起了死到临头的苻坚的"爱才情结"。他问尹纬在前秦朝廷任什么官，尹纬说是尚书令史。苻坚深刻地反省了自己使用人才的失职，说尹纬是王猛一样的宰相之才，可惜当时没有重视他，以至于自己落得现在这个下场。

纵观苻坚一生，可以说是成也"爱才"，败也"爱才"。

顾恺之的“假痴”

东晋大画家顾恺之有三绝：“才绝”“画绝”“痴绝”。这三绝之中，尤以“痴绝”最甚。

史载，顾恺之“好谐谑，人多爱狎之”。别人戏弄他，完全是因为顾恺之本人是个“嘻哈派”，他是经得起开玩笑的。

顾恺之在月下独咏诗歌，邻居谢瞻刚开始听着还觉得新鲜，不断叫好。顾恺之非常得意。过一会儿，谢瞻要睡觉了，又不忍心扫了他的兴，就让捶腿的仆人代自己赞叹。顾恺之不觉有什么异样，一直独咏到天明。

这是顾恺之的“真痴”。因为顾恺之对自己的才华一向自负。虽然他以画留名青史，但他文才出众，对于“文学家”的称号当之无愧。

出身名门的顾恺之，少年时代就在诗赋上崭露了头角。

家宴上有人弹筝，他当即写了一篇《筝赋》，其中有这样优美的文句：“其器也则端方修直，天隆地平，华文素质，烂蔚波成。君子喜其斌丽，知音伟其含清……”

在游浙江会稽山时，顾恺之写下了“千岩竞秀，万壑争流，草木蒙笼其上，若云兴霞蔚”的名句。

顾恺之对诗文的自我陶醉，一点也不显得矫情，因为他的诗文确实不算坏。

顾恺之的“真痴”，还表现在他对爱情的态度上。

他喜欢上一个女子，就大胆地追求她，史书上说是“挑之弗从”，女子拒绝了他。于是他将她的像画于壁上，用针去钉意中人的心。说来也怪，这女子不久就患了心痛病。顾恺之就把对这名女子的爱意以及实情和盘托出。女子接受了他，他将针从女子画像中拿出，女子的心痛病马上痊愈了。

这种针扎纸人的做法，算是一种具有中国特色的民间想象，《红楼梦》中就有一个情节，是写赵姨娘买通马道婆剪纸人和做木偶人陷害凤姐与贾宝玉的。

顾恺之这个传说有点离奇，属于唯心主义的范畴，大概是想突出他的绘画天才。

顾恺之的“真痴”，是一种不知人世艰险的乐观天真。对于心无旁骛的艺术家，心灵的天真素朴也是创作源泉的一种。

好在当时的艺术创作环境非常宽松，顾恺之担任的职务，与艺术完全不搭界，他曾先后在荆州刺史桓温、殷仲堪手下做参军。所谓“参军”，就是参谋军务。顾恺之在军事上哪有什么兴趣和才能！他喜欢的是写诗作画，还有“清谈”。

有一次，桓温让下属们赞美他修筑的江陵城，顾恺之吟出一句“遥望层城，丹楼如霞”。桓温很高兴。外表粗豪的桓温还是颇爱才的，他曾这样评价顾恺之：“恺之体中痴黠各半，合而论之，正得平耳。”他还说顾恺之“痴黠各半，矜伐过实”。即说顾恺之身上，有一半是痴愚，有一半是狡猾，顾恺之的缺点是自我夸耀，言过其实。

顾恺之的“痴”，不可能全是“真痴”。正如桓温所说，还有一部分是他装出来的，即“假痴”。这与他政治上的立场有关。

桓温和他的关系还不错，他对桓温也还算服气。但是顾恺之对桓温的儿子桓玄向来就没有好感。

桓玄七岁死了父亲，一直跟着他叔父桓冲。父亲死得早，这孩子也特别懂事，也算是少有大志，但自恃出身高贵，总认为自己是英雄豪杰，喜欢自我夸耀。

后来桓玄起兵攻入南京称帝，更加不可一世，喜欢沽名钓誉。比如以小恩小惠收买人心；他亲自审问犯人时，不管对方罪行轻重，也不明察，大多予以释放；对于拦御驾喊冤的，他也不分青红皂白给予救济。

顾恺之对桓玄的为人很是不满，不想与他合作，但又慑于桓玄的权势，不敢表露，就只好假装痴傻。

从桓玄与顾恺之交往的一些细节来看，桓玄这个家伙是缺德的，他自恃聪明，完全把大他 20 多岁的顾恺之当猴耍。

有两件事，可以看出桓玄的为人与顾恺之的“假痴”。

顾恺之十分迷信“蝉翳叶”。民间传说蝉躲藏的地方，有一片叶子盖着，因此鸟雀都看不见它，而这片树叶就叫“蝉翳叶”。如果有人以“蝉翳叶”遮蔽自己，别人就看不见自己。一天桓玄送给顾恺之一片柳树叶子，说是“蝉翳叶”。顾恺之像小孩子一样非常高兴地用柳叶挡住自己，问桓玄是否看得见他。桓玄故意对他撒尿，而他以为这是桓玄没看见他，才将小便撒在他身上的，于是将这片柳叶珍藏起来。

顾恺之曾将最珍爱的画作存放在桓玄那里，并在上面贴了封条。后来，桓玄偷走了全部画作，又将封条重新糊好。顾恺之来取画，不见了画作，一点也没有怀疑为人所盗，他认为这是“妙画灵通，变化而去，如人之登仙矣”。

桓玄的花言巧语就这么容易蛊惑顾恺之吗？顾恺之真的鬼迷心窍，甘愿被桓玄淋一身尿吗？顾恺之不是傻瓜，但他要面临生存的艰难选择：我不喜欢你桓玄，但我又不能得罪你桓玄。顾恺之只好装傻，将所谓的“蝉翳叶”珍藏起来，不过是做个样子给桓玄看而已；桓玄偷走了他的画，他明明知道，但他不敢点破是桓玄偷的，而画确实是没了，他只好自己找个幌子，给桓玄留点面子，也给自己来点安慰——那些画太好了，都成仙了。

从顾恺之的“假痴”，我们也可以想见顾恺之当时的苦涩心情。“人在屋檐下，不得不低头。”像顾恺之这样的大艺术家也不能免俗，不敢免俗。

恒玄没有他父亲桓温的识人智慧，他是看不出顾恺之的“假痴”的。而顾恺之不看好桓玄，却是相当具有远见的，桓玄从称帝到兵败出逃，只有 80 天；从登上皇帝宝座到被人所杀，前后不到半年，死时年仅三十六岁。

“槟榔癖”与“嗜痂癖”

槟榔原是重要的药用植物之一，可是近现代大部分人都将它当作提神的食品。

很早以前，槟榔作为一种高级休闲食品，只能被有钱人家消费。物以稀为贵，古时候槟榔产量不高，可不像现在这么普及。

唐代李延寿《南史·刘穆之传》就记叙述了南朝的刘穆之吃槟榔上瘾的故事。

刘穆之年轻时家里很穷，他饭都吃不饱，幸亏他岳父家的条件不错，是高门士族，刘穆之就常常厚着脸皮去岳父家“蹭饭”。

一次两次还属正常的走亲戚，但次数多了，几个小舅子对这位姑爷就不满了。这位姑爷，酒喝得多，菜也吃得馋，吃完了还赖着不走，要吃槟榔。小舅子们吃槟榔吃得好爱惜，放一颗到嘴里，都要品味好半天。但这位姑爷简直把槟榔当饭吃，不吃得两嘴红艳，脸上泛起桃花般的红晕绝不罢休。

但刘穆之的老婆丢不起这个人，常常阻止他去娘家讨饭。

有一次，刘穆之的小舅子们要举行盛大的宴会，刘穆之听说了这个特大喜讯，高兴得一宿睡不着觉：这下不仅可以放开肚皮吃喝，而且可以大嚼特嚼槟榔了。

他老婆了解自己那几个兄弟的德性，很怕兄弟们给刘穆之难堪，所以一再委婉相劝，让他别去。刘穆之满口答应："不去，不去！"

哪知，第二天老婆一醒来，才发觉刘穆之起了一个大早，去赴岳父家的宴会了。

宴会上，刘穆之吃饱喝足，打着嗝向小舅子要槟榔吃。小舅子们一个个斜着眼睛坏笑着说："槟榔是消食用的，你常常饿得前胸贴后背，要槟榔干什么啊！"

此言一出，宾客笑倒一大片，姑爷的脸却比任何一次吃了槟榔还要红。他心想："真应该听老婆的话，不该来啊，这次真是脸丢大了！"

不久，整个城里都知道了这件事，传得沸沸扬扬，让刘穆之颜面尽失。刘穆之发了誓，从此再也不进岳父家。

他老婆偷偷地在家里哭了好几天，不想让丈夫和娘家把关系搞得太紧张，就剪了自己的头发卖钱买酒食，骗他说是哥哥们送来的，又怕刘穆之发现她的头发少了，不敢在他面前梳头和洗头。

倒霉鬼也有时来运转的一天！

刘穆之跟着后来做了皇帝的刘裕闹革命，日子越过越红火，天天槟榔不离嘴。不知是哪一天，刘穆之想起他的小舅子们，多少年没见了啊，怪想念的，就对老婆说："明天，叫你的兄弟们到这边来，一起吃顿饭吧！"老婆激动不已。

刘穆之一副不计前嫌的样子，等小舅子们吃饱喝足了，命厨师用金盘子端了满满一盘子槟榔上来。小舅子们望着那个金光闪闪的可以买一屋子槟榔的盘子，真想一头撞死。

刘穆之款待小舅子的这一段，一直被作为"心胸宽广，不计前嫌"的佳话广为流传。

后来的倒霉鬼都把刘穆之作为榜样，受够窝囊气的时候，幻想着有朝一日飞黄腾达，对于轻视过自己的那些小人，来个以其人之道还治其身，多么痛快！李白就写过“何时黄金盘，一斛荐槟榔”的诗句，可见他那时候过得很不如意。

遗憾的是刘穆之吃槟榔的癖好没有遗传下去。他有一个孙子叫刘邕，不爱吃槟榔，爱吃人身上的疮痂，他觉得疮痂的味道鲜美如鲍鱼。

有一次，刘邕去探望一位朋友，朋友因烫伤卧病在床，伤口渐愈，有一些痂剥落在床上。刘邕就像他的祖父刘穆之见到槟榔一样，两眼放光，拾起痂来，往口里丢。

朋友吓坏了，以为他喝醉了酒或者眼睛不好使，把他的痂当别的好吃的东西了。刘邕就说：“不是啊，打娘肚子里出来，我就爱吃这个。我就觉得这东西比山珍海味都好吃啊。”

那位朋友也够意思，咬着牙，将自己身上未脱落的疮痂全部剥下，让刘邕一次连皮带肉吃个够。朋友自己呢，弄得满身鲜血淋漓，伤又加重了。

刘邕世袭的是祖父刘穆之的职位，做南康郡公。他手下的一帮人，得知了他的这个特殊爱好，就在老百姓身上做“植痂手术”，凡是来打官司的，不管是原告还是被告，不分青红皂白打一顿再说，等他们皮开肉绽结了疮痂，就剥去献给刘邕吃。

吃槟榔是一种文化，吃疮痂也是一种文化、一种变态的文化。君不见，现在深度挖掘明星丑闻的狗仔队，不都有一种“嗜痂癖”嘛。

白居易养儿真辛苦

白居易三十五岁时才结婚，妻子杨氏是同事杨汝士的妹妹。婚后一年，两人生了第一个女儿，取名“金銮子”。

他对这个女儿很是疼爱，《金銮子晬日》一诗写道：

行年欲四十，有女曰金銮。
生来始周岁，学坐未能言。
惭非达者怀，未免俗情怜。
从此累身外，徒云慰目前。
若无夭折患，则有婚嫁牵。
使我归山计，应迟十五年。

白居易为爱女考虑得很长远，爱女刚满周岁，他就开始为她的婚姻大事操心了。他想到了做父亲的责任，要把女儿的婚事安排妥帖，才能放心地退休。这种父爱，真是太伟大了！

然而，白居易长了一只“乌鸦嘴”，一语成谶。“若无夭折患”，还真让他说中了，金銮子刚刚三岁，就不幸夭折了。

这一年，他三十九岁，写了《念金銮子（二首）》表达悲痛之情，其中有这样的句子：“衰病四十身，娇痴三岁女。非男犹胜无，慰情时

一抚。”这暴露出白居易“重男轻女”的思想，什么叫“非男犹胜无”啊，就是特别想要一个儿子，觉得生了金銮子这个女儿，总比无儿无女要好。

不过，金銮子夭折了，他真的很悲痛，说“朝哭心所爱，暮哭心所亲。亲爱零落尽，安用身独存”。白居易哭得肝肠寸断，两眼昏花，甚至不打算活下去了。四十岁的人，心却如七十岁一般。

四十五岁时，他生了第二个女儿，取名“阿罗”。他写诗说“寒衣补灯下，小女戏床头”。深夜已至，娇妻正挑灯为他补衣裳，女儿无忧无虑地在床头玩耍，多温馨的场景！

不过，他很忧虑，自己年纪这么大了，阿罗这么小，恐怕自己满头白发了，才能看到她长成人啊。

“不孝有三，无后为大。”白居易真的是顶不住当时社会的压力了，他朝思暮想盼望有一个儿子。著名诗人元稹和白居易是铁杆朋友。元稹也没有儿子，白居易写诗安慰说：“无儿虽薄命，有妻偕老矣。”把无儿上升到“薄命”的高度，可见这已成为白居易心中的至痛。

五十八岁这年，白居易终于如愿以偿得到一个儿子，取名“阿崔”。这“崔”与“催”谐音，无形的压力把他催得急啊，可见他内心的焦灼。

老来得子的他，对阿崔视若珍宝，觉得这小生命如春柳的嫩芽清新可爱。他在《阿崔》一诗中说：

腻剃新胎发，香绷小绣襦。

玉芽开手爪，酥颗点肌肤。

他整天看着小阿崔，简直是捧在手心怕掉了，含在嘴里怕化了。受到长女金銮子早夭的影响，他对这个小生命的成长很没信心，说“未能知寿夭， 何暇虑贤愚”。不知这小子活不活得长，哪里还能管他将来有没有出息啊。

这诗没写几年，阿崔不幸夭折了。

阿崔之死对他的打击几乎是毁灭性的，因为传宗接代的最后一丝希望破灭了，他变得很绝望，也不想留什么遗产了。“有子不留金，何况兼无子。”这句诗可看出他的情绪相当低落。

这时候的白居易有点像“祥林嫂”，写诗给同年的刘禹锡，说自己悲伤得头昏眼花了。

刘禹锡回了一封信，宽慰他，真诚而幽默，说你如此悲伤，我也掉眼泪，说“从此期君比琼树，一枝吹折一枝生”，有点白居易的诗“野火烧不尽，春风吹又生”的意思。从今以后，我希望你就像一株生命力旺盛的玉树，被风吹断了一根树枝，有什么关系呢，再生出一枝就行了啊。

要知道，白居易当时都过六十岁了，想要再生儿子，希望是非常渺茫的。

白居易三个孩子，只有二女儿阿罗得以长大成人，长女金銮子、幺儿阿崔皆不幸早夭，都被他那张“乌鸦嘴”说中了。

苏轼的天真

天真，是一种天生的精神状态。每个人在孩童时代都拥有过天真的品质，然而在生存竞争中，天真日渐被圆滑、世故甚至狡诈挤走了。所以，对于成年人来说，保住天真，比保住金钱、地位、青春更难得。

古往今来，赤子童心，天性浪漫，在生命中永葆一份天真品质的文人不多，苏东坡便是其中一位。

苏东坡的天真具有孩童的顽皮可爱。他初贬黄州时，与朋友出去游玩，有一项重要的娱乐活动，就是“挟弹击江水”。这种游戏，不知是拿弹弓将石子打到江水里，看谁打得远，还是类似于今天很多人儿时玩过的“打水漂”，拿一块小瓦片或者石头，贴着水面上一跳一跳地飞过去，激起一串串浪花。

不管是哪一种，作为一个年过四十岁、华发早生的中年人，在仕途备受挫折的境遇下能玩这种充满童趣的游戏，的确天真得可爱。

比这更可爱的是，他居然会用竹箱去装白云。

看得到、摸不着的白云也是可以用箱子去装的吗？今人听起来，感觉像是天方夜谭吧。

苏东坡这样交代创作《攓云篇》这首诗的缘由：他从城中回来的路上，看到白云从山中涌出，像奔腾的群马，直入他的车中，在他的手肘和腿胯之处乱窜，于是他将白云装了满满一竹箱，带回家，再将白云放出来，看它们变化腾挪而去。所以他的诗中有这样的句子：

搏取置笥中，提携反茅舍。
开缄乃放之，掣去仍变化。

这些白云就像飞禽走兽一样，被他赏玩一番，又放回山中去了。

天真总是和无邪相连，所以苏东坡不相信世界上有坏人，只有是否值得交往之人。他曾对弟弟苏辙说："吾上可陪玉皇大帝，下可以陪卑田院乞儿。眼前见天下无一个不好人。"对于陷害过他的政敌，他不记恨，更不会打击报复。

天真更是一种探索精神，对未知世界的好奇心，是永葆天真的源头。

苏东坡相信鬼神，《东坡事类》载："坡翁喜客谈，其不能者强之说鬼，或辞无有，则曰，姑妄言之。闻者绝倒。"东坡喜欢和人谈鬼，别人讲不出鬼故事，他还强迫别人讲，即使胡编也没关系，反正他爱听。

看来，苏东坡关注生活的热情，不囿于儒家正统思想的局限性，"子不语怪力神"，孔子从来不谈论有关怪异、强力、鬼神的事。而苏东坡不仅对人之"生"感兴趣，而且对人之"死"感兴趣。与其说他无聊，不如说是一种对未知现象的可贵探索，是以可贵的好奇心拒绝生命的衰老。他为什么喜欢谈鬼呢？大概是想象着人死后，并非一了百了，而是能变成鬼，继续演绎人间的喜怒哀乐吧？从某种意义上说，这也算得上一种天真。

美厨娘失业

当你面对一桌子色香味俱佳的菜肴，大快朵颐之际，有人告诉你，这些菜肴出自一位风度迷人的美厨娘之手，你会不会食欲大增，浮想联翩呢？

在古史笔记中，有许多关于厨娘的记载，作者在肯定厨娘的烹调技术之时，似是无意，似是有意，都会顺便提一下厨娘姣好的相貌。看来，“出得厅堂，下得厨房”不只是现代男人的求偶标准，古人也有这方面的潜在要求。

厨娘的地位在宋代不高。在洗衣女工、针线女工、琴童、棋童等诸多服务人员当中，厨娘是“最为下色”的。然而即使是“最为下色”的厨娘，如果不是非常富贵的人家，也休想雇得起。

宋代廖莹中的《江行杂录》就讲述了一位美厨娘“失业”的故事。

有个金华籍的老先生，当过太守，一生都很朴素，平时粗茶淡饭惯了。有一天，他在京城某官员家中吃了一顿晚餐。此晚餐出自京官家中的厨娘之手，可口至极，令人难忘。于是，从京城回来之后，他朝思暮想着要从京城请一位厨娘回来。后来，他托人物色，费了不少功夫，终于找到一位，年仅二十，能写会算，还是一位美女。

不几天，厨娘写来一封字迹工整的信，让太守派一辆四抬大轿接她进府。太守赶紧照办，待把厨娘抬进府中，太守就乐得合不拢嘴了。原来这厨娘长相的确标致，红裙绿裳，举止优雅，清爽悦目。

第二天，美厨娘开始展示厨艺，先拿出的一套餐具，就晃花了众人的眼，原来这些餐具都是白金打造的，合计起来有六七十两重。接着，美厨娘换上围裙，挥刀切肉，有运斤成风之妙。她做了五份羊头羹，一共用了十个羊头，每只羊头只取羊脸上的一块肉，然后将羊头丢掉，说这不是上等人吃的东西。仆人们深觉可惜，捡起地上丢弃的羊头。她讥笑说："若辈真狗子也！"她用了五斤葱，也仅仅取葱心而已。这样做出来的菜，确实好吃，众人一扫而光，纷纷赞叹。

美厨娘也是拉得下脸，等宴席一撤，就向太守讨工钱，说："今天试厨，您老也非常满意，那就看着多给点吧！"太守一时没反应过来，有点发怔。美厨娘拿出一沓单子，说这是她之前在别处办宴会时的酬劳清单。太守接过来一看，见每次宴会支付给她的，都是百匹绢帛，成百上千钱。他私下里自惭形秽地说："像我们这样势单力薄的人，这等酒席不能常办，这等厨娘也不能常用啊！"不到两个月，他便找个借口将这位美厨娘辞退了。

这位美厨娘在太守那里失业之后，能否找到工作？有人为她发愁，其实大可不必，就算她走投无路，卖掉那套六七十两重的白金餐具，也够她吃喝一辈子的。而且当时蔡京之流的腐败高官大有人在，她一定会大有用武之地的。

这位美厨娘切肉的姿势美，做的菜肴味道美，相貌也美，心灵却并不怎么美。想当初，她也是穷苦人家出身，自打到京城当了厨娘之后，心就变"大"了，可见腐败也是一个大染缸。

明朝公主选婿

明朝嘉靖年间，京城里流传着一支《十好笑》的歌谣，其中就有一句“十好笑，驸马换个现世报”。其意是讥笑皇帝千挑万选，费尽周折，最后竟然为公主选了个秃头驸马。

嘉靖六年（1527年），永淳公主将要下嫁。礼部选婚时，经过层层筛选，有两个河南人进入了决赛，那就是高中元和谢诏。

太后、皇后、妃嫔及后宫的太监、女官组成了一支庞大的评选团，对这两个人进行打分。这很像今天的选秀节目，那些男女嘉宾在台上展示相貌、才艺，而台下的亲友团就在窃窃私语了。

这两个河南老乡从家乡出发的时候，民间的地下赌庄可能就有人赌上了，而且大多数人会把赌注压在高中元身上。

因为这高中元年纪不过十六七，长得眉清目秀，一笑起来两颊还有两个迷人的酒窝，真是英俊倜傥，玉树临风。谢诏的模样也算周正，但是和高中元相比，他显得太老成了。

评选团的人也是这么看的，他们一致看好高中元。

但是评委中的关键人物，公主的母亲章圣太后提出了相反意见，她觉得谢诏要好些。

太后的话一言九鼎，她对高中元的一票否决，决定着这次选婿的结果。当这个消息传到永淳公主的耳朵里时，她简直不敢相信自己的耳朵，特

别是宫女们对高中元相貌的啧啧赞叹，让她心里怪不是滋味。

而更不是滋味的还在入了洞房之后。当谢诏摘下那顶戴了一整天的帽子之后，烛光照在他光秃秃的脑袋上，闪闪发光。公主吓了一大跳。她的驸马很尴尬地摸了摸那个几近“绝顶”的聪明脑袋，嘿嘿傻笑。这一夜，驸马大概被公主罚睡了地板。

再说高中元在驸马之争失败后，受尽乡人嘲笑。他发愤攻读，发誓要出人头地，不能比谢诏混得差。

人受到歧视之后的动力往往特别大。不过几年时间，高中元，就像他的名字一样，虽没中状元，但中了进士，他被选入翰林院，弄了一个相当于现在的中科院院士之类的头衔，应该算是当时国家有特殊贡献的专家，享受特殊待遇吧。

永淳公主听说了高中元出人头地了，心内的悔恨全化作一腔怨气撒向她的秃头驸马。她动不动说的一句话就是：“你看人家……”

谢诏内心很受伤，他决定让公主也受一次伤。

那是一个中秋节，他的同乡包括公主朝思暮想的高中元，都被邀来公主府赴宴。

宴会开始前，谢诏提醒公主说：“我旁边的男子就是高中元……”

公主对谢诏露出难得的笑脸，终于有机会看看与自己擦肩而过的那个人帅到什么程度了。

然而等她掀开窗帘，终于看到那个男人时，差点晕倒。

这是她念念不忘的高中元吗？一个脑满肠肥中年发福的大怪物，还长着一脸络腮胡子，要多难看有多难看。

她忽然开始重新审视谢诏，他虽然头发少点，但是戴上帽子，一点也看不出来，身材多好啊。她觉得她的秃头驸马还是蛮可爱的。于是，野蛮公主变成了温柔小女人，从此，她和谢诏相敬相爱，幸福美满，死后还葬了在一起。

有人说还是太后的眼光厉害啊，一眼就看到了这两个人经历时光洗礼之后的模样。

这有点拔高太后了，太后当年选谢诏，不过是从自己的审美角度出发。她以一个过来人的眼光，来比较高中元和谢诏，肯定是欣赏谢诏，因为谢诏独具一种成熟男子的魅力。他那嘴角淡淡的微笑，散发着一种恬淡的气息。高中元虽然面貌清秀，但是太不成熟了，那种渴望当上驸马的急功近利全都展现在脸上。

寇准的另一面

中国历史名臣中有所谓“三大狠人”，他们是包拯、范仲淹和寇准。在一般人的印象里，他们铁面无私，正直刚毅。因此，对这三个人，民间甚至还有“三大阎王”的说法。用“阎王”来形容这三人，有敬而远之的意思吧。

拿寇准来说吧，他出生时就有异相，据说是每只耳朵都长了肉环，几年后才合拢。及至成年，他已是堂堂正正的威武之相，天庭饱满，地阁方圆，和电视剧《寇老西儿》里寇准的扮演者葛优一点都对不上号。曾巩在《隆平集》中说：“准刚正，笃于自信，不能与世俯仰，故人多恶之。”就是说，他的人际关系处理得很不好，是个不大受欢迎的人。

有一件事广为流传，常被人们作为寇准性格刚直的佐证。丁谓出自寇准的门下，对寇准一直很殷勤。寇准当宰相的时候，他是参知政事。一次在中书省会餐，寇准可能吃得过急，胡须上沾了一些菜汤。丁谓连忙起身为他擦拭，寇准讥笑道：“参政，国之大臣，乃为长官拂须耶？”据说这就是今天常说的“溜须拍马”的出处。丁谓只比寇准小五六岁，此话让他无地自容，又羞又恼，从此恨上了寇准。

总的来说，寇准最初给人的感觉是严肃正统，不苟言笑的。

读古史笔记，才发现寇准并不是那般完美得令人敬而远之，他的私生活也有极尽奢华的一面。

《涑水纪闻》记载寇准年少时不修小节，“颇爱飞鹰走狗”。他母亲恨铁不成钢，一怒之下，用秤砣把他的脚都砸出血了。从此这个“问题少年”改邪归正，开始刻苦读书。他十九岁中进士，三十三岁就当上了副宰相。

江山易改，本性难移。欧阳修在《归田录》里说寇准在邓州做知府的时候，经常大摆宴席，尤其喜欢夜宴，往往通宵达旦地饮酒作乐，但不点油灯，全用蜡烛。一千多年前能源紧张，蜡烛也算得上一种奢侈品，即使是有钱人家也舍不得用，而寇准的家中，马棚、厕所里都是灯烛通明的，每次宴会结束后，厕所里都可以见到成堆的烛泪。邓州的花蜡烛名闻天下，相传就是寇准传下来的。

《宋史·寇准传》里也说寇准家中经常举行豪华的夜宴，他还把门关得严严的，不知是不是为了避免造成不良影响。

不过，当时还是有人拿他的奢靡说事，向宋真宗打小报告。宋真宗把这件事说给宰相王旦听。这位历史上以宽容著称的宰相，这次又为寇准打圆场。他说：“寇准是很有才能的，只是有时候犯糊涂。”宋真宗也说：“对，这人就是好犯糊涂。”宋真宗马上消了气，不再追究了。

民间有一个故事叫《寇准罢宴》，还有人将它编成戏剧。说寇准为过六十寿诞，张灯结彩，备下山珍海味，铺张无度。他家中的老婢女为了劝诫他，就对他讲述其母生前的贫苦之事。他听后泪流满面，遂“辞宾客，停歌舞，罢宴席”。这就是民间的寇准，一个被说成山西人的“寇老西儿”，痛改前非后，腰间常挂一瓶醋，不时拿出来喝一口。

而历史上的寇准，一般认为他是陕西人，出身并不贫穷，这大概也是他喜欢铺张的原因。

苏辙的《龙川别志》就记载了一则寇准与雄州知府李允则斗宴的故事。

李允则经过寇准的辖区时，寇准接待。寇准知道李允则的宴会一向档次很高，所以设宴招待李允则时极尽奢华。而到了第二天，李允则回请寇准时，不仅器皿、幄布、酒食的档次高寇准许多，而且出席的歌舞伎达到百人之多，令寇准自愧不如。

寇准生活奢华的另一个表现，是他喜欢歌舞，特别喜欢一种叫作“柘枝”的大型歌舞。北宋沈括在《梦溪笔谈》里谈到寇准很喜欢柘枝舞，凡宴请宾客，一定要让舞伎跳这种舞，而且一跳就是一整天。时人称他为“柘枝颠”，“颠”即“癫狂、走火入魔”之意。

“柘枝舞”是一种起于西域、流行于唐朝的风格健朗的“劲舞”，此舞用鼓伴奏。到宋代时，舞风有了一定的变化，其变化之一，就是跳舞的人数增多，有说是二十四人的，有说是四十人的。反正这是一种群舞，气势非凡，场面宏大。

寇准看得兴起时，就会打赏舞女，“一曲红绡不知数”的阔绰出手自然是常常有的。在一次宴会时，寇准赠了舞女五匹绫绢。他的小妾茜桃大概出身贫苦，写诗劝他：

一曲清歌一束绫，美人犹自意嫌轻。
不知织女寒窗下，几度抛梭织得成！

在宋代，“一束绫”的价格应是一个不菲的数目（当时，一匹绢的价格约为白银一两，合 1000 至 1300 文铜钱，相当于三四百元人民币），舞女们扭扭腰肢就可以轻松得到，还嫌主人赏得少，殊不知织女寒窗织布多辛苦。但寇准好像不听劝，回答道：

将相功名终若何，不堪急景似奔梭。
人间万事何须问，且向樽前听艳歌！

这就完全是看透人生般的及时行乐思想了。至此，寇准的奢华也有了更好的注脚：仕途不顺，心情压抑，只好在声色酒舞中麻醉自己。

“樽前听艳歌”，那是少不了喝酒助兴的，不知是不是经常锻炼酒量的缘故，寇准酒量惊人。

吴曾的《能改斋漫录》记录了寇准善饮的趣事。

寇准罢相之后，宴请客人，只要会饮酒的人，不管身份等级都被招来陪喝。“有倅连困于酒，已疾，公尚促之不已。其妻乃叩公庭而讼焉，遂免。”有个人被他逼迫喝酒，喝病了，他还催促别人喝，搞得那人的妻子只好将此事诉于公堂，要和他打官司，那人才得以幸免，保住一条命。

寇准一生，三度拜相，最后被贬到雷州时病逝，享年六十二岁。前后不到五年时间，他三起三落，后人都认为他的失势是他过于骄纵和刚愎自用造成的，欧阳修也曾叹道：“莱公（寇准封莱国公，故称）之祸不在杯酒，而在不知退耳。”

急性子的张咏

北宋名臣张咏，关于他的传说很多，也很有趣。他给中国文化贡献了“水滴石穿”“不学无术”两个成语，还发明了世界上最早的纸币——交子。

张咏的脾气很怪，他喜欢意气用事，和人斗气，不过他很正直，有时做得虽然过分，也能赢得赞誉。

他在湖北做县令的时候，发现一个管钱的小吏偷了一枚钱藏在头巾里带出库房，于是令人打了他几板子作为惩戒。小吏不满，嚷道：“我不过是偷了一文钱，你竟因此打我，但你能够杀我吗？”这种“激将法”对张咏倒是管用，张咏写了四句判词：“一日一钱，千日一千。绳锯木断，水滴石穿。”随即拔剑杀了他。此事震动全县，从此当地治安大为好转。今天，换个角度来看，“水滴石穿”这个成语，其实是一个狂妄小吏用性命换来的。

张咏到四川任职时，又遇到一个不知高低的小吏。这个小吏因犯了错，张咏对他处以戴枷的责罚。小吏说：“你如果不杀我，我就一直戴枷，看你怎么拿下来！”大有让张咏不好下台、胡搅蛮缠的气势，张咏也不含糊，说：“把枷拿下来有什么困难？”他一剑削去，当场取了那小吏的首级。

张咏不喜欢摆架子，是那种不拘小节的人，所以他不喜欢客人向他行跪拜礼。如果来访的客人非要跪拜，张咏就很生气，还会做出一个令客人不胜恐慌的动作，那就是反过来向客人磕头不已。这也是一种斗气，跟你说了不要你拜，你却偏要拜。既然这样，那我也拜你好了，看你受不受得了。

对于那些自我感觉良好的人，张咏却喜欢和他们较真。《梦溪笔谈》记载张咏任成都知府时，有位原先在京城任职的年轻人，来到成都担任录事参军（相当于秘书一类）。他仗着自己是京城里来的，不愿意像同事们那样向上级张咏趋庭参拜行礼，连有司在旁督促，他也坚决不肯。张咏生气地说："你只有辞官回家，才可以免礼！"这个年轻人脾气也犟，他马上投弃授官的文书，请求免职。

张咏不仅喜欢和人斗气，还喜欢和物斗气。还是他在四川任职时，有一次吃馄饨，头巾上的带子多次掉到碗里，他竟迁怒于头巾，干脆扯下头巾丢到馄饨碗里，大叫道："请你自己吃个够吧，我不吃了！"

看上述表现，张咏好像是一介武夫、粗人或者酷吏。其实不然，他爱读书，时人称他"不事产业，聚典籍"。官俸几乎都用来买了书，久之，他的藏书达到近万卷。他自恃书读得多，连当时在澶渊之盟中大出风头的寇准也敢嘲笑。当然这种嘲笑是善意的。

有一次，他去拜访寇准，寇准设宴款待。二人分别时，寇准向他请教："何以教准？"张咏说："《霍光传》不可不读。"寇准一头雾水，寇准后来读《霍光传》，发现书中有"光不学无术"一句，才明张咏是在说他"不学无术"。

张咏的诗也写得很不错。他的代表作，有一首《雨夜》：

帘幕萧萧竹院深，客怀孤寂伴灯吟。
无端一夜空阶雨，滴破思乡万里心。

“无端一夜空阶雨，滴破思乡万里心。”仅此一句就足见他的文采和才情。

张咏还爱动脑子，他曾说：“大小之事，皆须用智，智犹水也，不流则腐。”张咏的性格有鲁莽急躁的一面，也有心细如发的一面，由于他善于动脑，所以审案常出奇招，留下不少佳话。

张咏在杭州做官的时候，审过这样一个案子：

有个年轻人和姐夫争家产。姐夫认为自己应该分得七成，小舅子分三成，他的依据是岳父的遗嘱。他说：“岳父去世时，小舅子仅三岁，岳父的遗嘱上写得清清楚楚，等小舅子成人后分家产，我得七，小舅子得三。还说将来他如果不服，可到官府公断。”

张咏见到遗嘱之后啧啧称叹，令人取酒浇于地上表示祭奠，对那人道：“你岳父真是聪明。他死时儿子只有三岁，只能托你照顾。如果遗嘱上不交代清楚分家产之法，或者写明将来你得三成，他儿子得七成。他儿子只怕早被你害死了，哪里还能长大成人？”于是判决家产三成归婿，七成归子，当时无人不服张咏明断。

张咏的判决未必符合现代的法律程序，但是张咏能根据中国人的家产一般传子不传女的传统，一眼看透立遗嘱者的本意，十分难得。

今天看来，张咏最大的贡献，是发明了钞票，这种今天人人离不开的东西。他治理四川时，创立了“交子”制度，一张钞票抵一千文铜钱，是世界上最早的

纸币。

这不禁让人纳闷，连吃馄饨都那么性急的一个人，为什么会有这样高明的发明？也许正是张咏的性急，才使得他发明了钞票。金银铜钱又笨又重，遇上一个急性子的人，他正恨不得一下子都带走，如果是换成了一张张纸，携带起来多方便啊！

世人都知道电灯是爱迪生发明的，但很少有人知道钞票的发明者是一千多年前的张咏。不过，伦敦的英格兰银行倒没有忘记纪念这段金融历史。

据到过这家银行的人说，英格兰银行中央的一个天井里，种着一棵在英国少见的中国桑树。因为张咏发明的“交子”的原材料就是桑树叶。可惜那时候没法申请知识产权，否则，英格兰银行中央的天井里树立的可能是张咏的雕像。

古代文人的追慕者

古人对文坛偶像的竭力追捧，一点也不亚于今天的少男少女对娱乐明星的痴迷。

现在称追星族为“fans”，这个单词来源于拉丁文“fanaticus”，意思是“对神的崇拜所导致的疯狂”。台湾作家余光中说，把“fans”译成“粉丝”很贴切，因为“丝”体现了群体性。倘若只有四五十人，那就不成为“粉丝”。同样是仰慕，“知音”只能是少数，而“粉丝”却必须是多数。“粉丝”的特征是着迷、冲动、不理智，甚至有点歇斯底里。“粉丝”的出现是社会活跃开放的表现。

这话说得不错，唐朝是我国社会最为活跃开放的一个时期，好像就是从这个时候开始，追星族们登场了。

一个名叫魏万的年轻人为了一睹诗仙李白的风采，从河南济源的王屋山下开始，发扬老祖宗愚公移山的精神，锲而不舍地追踪李白的踪迹，历时半年，跋涉三千里，终于在扬州风尘仆仆地追上了李白。而他并不认识李白，经好心人引荐，才得以和李白相见，当下激动得语无伦次，泪流满面。

杜甫也有追星族，而且不乏重量级诗人，比如张籍。迷信吃什么补什么，是古人相当单纯的想法，张籍也不例外，不过他做得有点过头了。他崇拜杜甫的诗歌才华，拿了一册杜甫的诗，焚烧成灰烬后，又加入膏蜜，像喝补药一样，每顿必饮，并且发下誓言："喝下他的诗啊，让我的肝肠从此改换!"

在名家辈出的盛唐诗坛,王昌龄以擅长七绝闻名,被誉为"七绝圣手"。他五十一岁时被贬谪到龙标（今湖南黔阳）做官，日子过得异常艰难，曾让老仆人沿路捡拾落叶枯枝当柴烧。但是他诗名满天下，常常在路上走着走着，就有人扑通跪下，向他求诗。

和王昌龄一样，贾岛也是位苦命诗人，但他身后不乏众多追慕者，其中有两个人最有名。

一位是晚唐诗人李洞。李洞"酷慕贾岛"，把贾岛当作神一样崇拜，不仅在铜片上刻贾岛的像，戴在头巾中，而且手中常持一串念珠，为贾岛念佛，每天念一千遍，从不间断。他一旦听说有人喜欢贾岛，一定非常高兴地亲手抄录贾岛的诗相赠，还叮咛再三说："此无异佛经，归焚香拜之。"

后来还有一位，是南唐的孙晟。孙晟年轻的时候在庐山简寂宫里当道士，把贾岛的像挂在壁上早晚朝拜。他这种个人崇拜，大概是过于另类和招摇，让简寂宫里的道士们很看不惯，拿木板将他打了一顿，赶出去了。孙晟干脆穿上儒生的衣服，投身仕途，后来还当了大官。

但以上"粉丝"都比不上白居易的"粉丝"疯狂。

荆州有一名叫葛清的街卒，狂热迷恋白居易的诗歌，"自颈以下遍刺白居易舍人诗，凡三十余处"，而且配了图画。图文并茂，达到体无完肤的程度，人称"白舍人行诗图"，"若人问之，悉能反手指其去处，沾沾自喜"。

白居易的追星族中不光有武夫，还有娼妓。白居易在给老朋友元稹的信中，曾沾沾自喜地说，有人想找妓女，这个妓女自夸曰："我诵得白学士《长恨歌》，岂同他妓哉？"因为能读白居易的诗，身价倍增。

不过白居易也不是吹牛，连唐宣宗都写诗赞他："童子解吟长恨歌，胡儿能唱琵琶篇。"

他的《长恨歌》当时还流传到日本，受到日本上自天皇下至平民的普遍喜爱。

白居易受到如此广泛的崇拜，但他自己并不认为"天下第一"了，说起来，他也算是李商隐的"粉丝"。据《唐才子传》记载，白居易晚年退休在家，很是喜欢李商隐的诗文，他常说："我死之后，来世能做李商隐的儿子就知足了！"

白居易仙逝后不过几年，李商隐果然得了一个儿子。李商隐也不客气，干脆把这个儿子取了一个名字，叫"白老"。可惜此儿智商不高，长大以后，更是没有半点诗人气质。温庭筠就跟这个愚钝的小子开玩笑："让你做白居易的后身，不是辱没了他吗？"

如果说白居易是唐人心中的文学偶像，那么苏轼无疑是宋朝的著名品牌，堪称时尚领军人物。

苏轼的诗文影响之大，以至于他的生活态度或者说生活情趣都被人视为风尚。比如说他创造或仿制的几道美食，被人称为"东坡肉""东坡饼""东坡鱼"，一直流传到今天。苏轼曾在江苏宜兴小住，当地有制壶传统，他的设计不但不是"班门弄斧"，反而很快被当地的能工巧匠所采用，并流行全国，这种茶壶被人称作"东坡壶"。至于他所戴的那种高筒短檐帽，更被士大夫争相效仿，称为"子瞻帽"。总之，凡是苏轼碰触过的东西，一封信、一支笔、一块砚或者一把扇子都会变成众人争购、收藏的对象。

苏轼在杭州任职时，一天与朋友在西湖喝酒。有一位年过三十的女子追慕苏轼，竟置公婆责怪不守妇道于不顾，乘彩舟来访苏轼，为他弹筝一曲，并向他求词。

后来苏轼由贬谪之地海南返回，天气非常炎热。苏轼披着短袖衣，坐在船上。运河两边成千上万的人慕名跟随观看。东坡见此情景，对船上的客人开玩笑说：“这许多人可不要看杀了我苏轼？”

明代文学家王世贞起初与李攀龙同为文坛盟主。李攀龙死后，他又做了二十年文坛领袖，追星族也相当多。《明史·王世贞传》记载了王世贞当年的风光：“一时士大夫及山人、词客、衲子、羽流，莫不奔走门下。片言褒赏，声价骤起。”王世贞极力主张文必秦汉，诗必盛唐，认为盛唐以后的书都不必读，但他在晚年，渐知偏激。病重时，有人前往探视，只见他手捧苏轼的书，诵读不已。他死后，放在床头的赫然是一部《苏轼文集》。

和白居易崇拜李商隐一样，苏轼也有自己的崇拜对象，那就是范仲淹。可惜苏轼十七岁时，范仲淹就去世了，他后来在《范文正公文集叙》中说：“自以八岁知敬爱公，今四十七年矣。彼三杰（指欧阳修、韩琦和富弼）者，皆得从之游，而公独不识，以为平生恨。”

这里顺便一提，可笑的是，当时有个叫彭渊材的文人也追慕范仲淹，他第一次见到范仲淹塑像的时候，异常惊喜，一拜再拜，腰弯得都要贴在地上了，口称：“新昌布衣彭几幸获拜谒。”拜完后，他仔细地端详塑像，说：“有奇德的人必有奇貌。”于是拿着镜子看自己，捻着胡子说：“差不多挺像范公了，就只是缺几根耳毛。等岁数大了，应该就十分地相像了。”苏轼追慕范仲淹，追的是他的内在品格；彭渊材追慕范仲淹，追的只是皮毛。两者判若云泥。